红气球
世界儿童文学
臻选

想也想不明白的事

梅子涵 编

山东画报出版社

放进孩子的口袋

　　为孩子写作文学，为他们编选文学读本，是一件重要和美好的事。这一件事需要做得很细致、很有眼光，不是简单地拼凑，因为那些故事都是会被孩子们装进口袋背着行走的，它们随时会被重新取出，抚着页面再读一读，为生命前行增添些力气和歌声，这个口袋就是神圣的记忆。

　　人类有许多光彩的职业，个个都是为了人生和世界的。我们这个职业是为了孩子的生命光彩，也是为了自己生命度过的光彩体现，后面这一点是所有职业共同的意义之一。所以，一切的责任不济和敷衍了事，都会给人生和世界带来灰暗和混乱，人生和世界都会反对，我们自己也应当学会反对。因此我抱定宗旨，为孩子们做一切，认真些，细密些，里外都软和、鲜艳些，让他们可以喜悦地奔跳，有些缠绵和美好的流淌……最后可以获得的感激，不仅仅来自儿童和他们的成长记忆，更有神圣之味的是我们自己的记忆，自己的心安理得。有资格感激自己是最高的感激，别人剥夺不了。

我一直记得那一本《红气球》故事里的孩子吹红气球时的无比专注和认真，结果他吹成的红气球总是不会消失，变啊，变啊，最后变成了一把红雨伞，撑在他自己的手里，走向世界，那一份美好，实在浪漫得艳丽而又踏实！

梅子涵

2020 年 2 月 27 日

想也想不明白的事

目 录

慢慢走，长大呀

想来想去的事

一瞬间的滋味

流淌的童年

《路上》

《可是，你答应过》

《打赌》

《童年乐事》

慢慢走，长大呀

小哥儿俩

凌叔华

清明那天，不但大乖二乖上的小学校放一天春假，连城外七叔叔教的大学堂也不用上课了。头一天爸爸早就打了两次电话催七叔叔早些回家过节；妈妈出门买了许多材料，堆满了厨房的长桌子，预备做许多菜。

这一天早上的太阳也像特别同小孩子们表同情，不等闹钟催过，它就跳进房里来，暖和和地趴在靠窗挂的小棉袍上。

"二乖！还不起，太阳都出来了。"大乖方才醒了，照例装着大人口吻叫弟弟起来，其实他还未满八岁，比弟弟大两年。

二乖一点没理会哥哥说什么话，现在不晓得做了什么可怕的梦，只顾把他的胖胖的圆脸往被窝里藏。

这样一来，哥哥可看不上眼了，跳下自己的小床，披了墙上晒暖和的棉袍，走到弟弟床前，摇他几下，摇不醒，他叫起来。

"妈妈，你来看看二乖，他又把脑袋放在被窝里睡觉。"

这一喊没把妈妈喊来（妈妈早就上厨房去了，不在隔壁），倒把二乖惊醒了。他的小喇叭嘴，老是那样笑呵呵的样子，他忽然坐起来搓眼问道：

"哥哥要去了吗？"

"去哪里？今天放假！"

放假两字特别响亮，这响亮声直窜进小心窍里，使他们想起快活的事来。二乖一边穿衣服说：

"妈妈说今天有好东西吃。"

"七叔叔今天回家，上回他答应给我们带一只像表叔家那样的百灵来。"大乖说着好像已经看见七叔叔像上回一样骑了一头黑驴手拿一个鸟笼子的样子。他一边跳着跑出房门，一边唱道：

"七叔叔，八叔叔，七个八个小秃秃。"

二乖一边洗脸也跟着唱："七叔叔，八叔叔，七个八个小猪猪。"

妈妈从前院走进来喝道：

"怎么好拿七叔叔唱着玩，他听见要生气啊。"

"七叔叔来了吗？"大乖急问道。

"刚才到，快洗干净脸才许出去。"

"怎么没有听见小毛驴铃铛响？"大乖说着赶忙地擦脸。

"你猜他总得骑驴才能回来吗？这回他坐汽车回来的。"妈妈说着，一边替二乖拉正了领子。

"二乖，咱们跟七叔叔要鸟儿去。"大乖放下洗面巾拉着二乖就跑。

前院子一片小孩子的尖脆的嚷声笑声。七叔叔果然带了鸟来，还是一只能说话的八哥。

"把笼子摘下来让我细细地看看它怎样说话。"二乖推着七叔叔的手央求道。

笼子放在一张八仙方桌子上，两个孩子跪在椅上张大着嘴望着那里头的鸟。那鸟的全身羽毛比妈妈的头发黑得还可爱，那只滴溜转的圆眼睛不住地向着孩子们凝视，一会儿把黑滑的小脑袋一歪，圆眼珠子一转，像想什么心事似的，忽然它的蜡黄色的长嘴上下张开了娇声叫道："开饭，开饭。"

孩子们欢喜得趴在桌上乱摇身子笑，他们的眼，一息间都不曾离开鸟笼子。二乖的嘴总没有闭上，他的小腮显得更加饱满，不用圆规，描不出那圆度了。他一边叫着，一边用手指伸进鸟笼子缝里："小舌头多小呀！"

大乖用他的最宝贵的新式自来铅笔插进笼子逗鸟玩，

也喊道：

"八哥，八哥，再说一遍。"

这只鸟似乎非常懂事，一点也不认生，望着小孩子又叫道："开饭，开饭，小秃子叫开饭！"

这声音简直像是从一个小女孩子的嘴里出来似的，不但孩子们听了乐得起劲，连七叔叔同爸爸都围到桌子边来了。

"它从前的主人家一定也有小孩子的吧？"爸爸同七叔叔说。

"是学校的花匠卖给我的，他家有五六个小孩子。"七叔叔说。

"五六个小孩把它喂大的是不是，叔叔？"大乖赶紧问。

"他们喂大了它，还教它说话。你们天天下课回来像先生教学生那么教几次，它更会说许多话了。我还看过会背出一首长诗的鹦哥，这没有什么出奇，只要肯耐烦教，一遍不会，教两遍，教一百遍都不嫌烦就行了。"

七叔叔末了讲的什么孩子们简直没听见，他们俩又都目不转睛地呆向着笼子看，他们想到自己要做先生，这是多好玩的事，大乖还在那里想要哪里做讲堂，上课下课打钟或是摇铃，他想到小学校是打钟，幼稚院是摇铃的。

大乖正想同二乖说好就在今天实行这大计划了，恰在这顷刻间妈妈来喊大家去吃春卷。

孩子们本来不肯离开八哥去吃早饭，要求妈妈把鸟笼子提到饭厅去看着吃，无奈妈妈向来不大轻易答应孩子的要求，要求最成功的也不过是折中办法，这回也不外这样，允许了一半，只许把鸟笼子挂在饭厅前面的桌上，吃点心时隔着玻璃窗望得见。

大乖的眼总是望着窗外，他最爱吃的春卷也忘了怎样放馅、怎样卷起来吃，他差不多吃过一两卷后，都只吃包卷的粉皮，忘了放馅了。二乖因为还小，常傍妈妈坐，都是妈妈替他卷好的，不过他到底不耐烦坐在背着鸟笼子的地方，一吃了两包，他就跑开不吃了。

二乖离开饭桌便向廊下跑去，大乖也在后跟了来。

"孩子们，吃这一点不吃了吗？一会儿嚷肚子饿，可没有东西吃，听见没有？"妈妈看着孩子的入迷，这样从背后喊住问。

孩子不约而同地回答："吃饱了，不吃了。"

七叔叔叹着笑道："糟了，孩子们都着迷了，是叔叔害他们的！"

叔叔把花匠交给他的用鸡蛋炒的小米交给大乖，留着喂鸟，又说最好只给它凉开水喝，随便喝别的水恐怕会生病。

大乖叫二乖拿着小米的口袋侍候着八哥吃完再添，自己却一手拿一个茶杯，在那里很小心地把热开水倒来倒去要把水弄凉了给鸟喝。

"哥哥，你说要哪里做讲堂？"二乖问。

"草亭子做讲堂顶好，那边没有人吵。"大乖常装出大人的气派来说话，脸色非常郑重。

"我要教它念会第一册国文，要它背得一个字都不错，比你还强得多。"

二乖也没觉得哥哥的话不好听，因为爸爸曾当他面说过几次他念书不行，比大乖差得远了。大乖也说惯了一些瞧不起他的话。他还是笑嘻嘻地望着哥哥说：

"哥哥，我教它唱'先生早啊？'。朱先生昨天夸我唱这歌顶好。"

"你做唱歌先生好了，可是教唱歌的时候，不要笑。"

"我们什么时候开学呢？"

"愈早愈好，今天早上吧。"大乖很有把握的样子。

好容易妈妈允许了可以把鸟笼带到园子里，这一早上，可把两个孩子忙透了。

想到了学校的国文先生戴眼镜，抱着一个皮书夹来上课的，大乖就跑去把妈妈的避风眼镜从抽屉里翻出来了自己戴上，又把爸爸出门用的皮包也夹起来。卧房的闹钟也搬到亭子上来，因为找不着铃子，上课下课只好播一回闹钟就算摇了铃了。

哥哥上去摆出正经面孔来，教了一课国文，这八哥学生不知是认生害羞或是真笨，一句句子教了十几回都念不出来，只会向先生溜眼歪头，先生末了没法子望着它，它就提高了声像小孩子撒娇似的喊一声"开饭，开饭！"

这两个孩子听是八哥又出声说话，高兴得叫起来，等到他俩围到笼前逗它，它怎样都不开口了。

"这学生还认生害羞吧。"大乖说。

"它饿了吧。"二乖拿了小米放在手掌上喂它吃。八哥啄了一口小米，歪一歪头望孩子一下，那样子比洋娃娃好玩多了。

"这样子好玩！"大乖喂八哥水喝。

"哥哥，它晚上跟谁睡觉？"二乖问。他心里先想今晚上怎样放它在床上，把自己的新棉被给它盖，明早上它若不醒，他就学妈妈来叫自己一样，把它整个抱起来，不管它醒了没有。

"你真傻气，哪见过人同鸟睡的呢。"哥说。

到吃午饭，他们还要求把八哥挂在廊下，二乖留了一小碟自己爱吃的炖肥肉，吃完饭带去给八哥，给妈妈止住了，惹得大家都笑了，他还说怎么鸟不吃肉吗？

饭后爸爸同叔叔要去听戏，因为昨天已经答应带孩子们一块去的，妈妈就同他们换衣服。

小哥儿俩要带八哥去，可是他们只坐池子又不是包厢，哪能带个鸟笼去呢。

"舍不得离开八哥就别去好了？"爸爸带笑地说。

"今天可有李万春做黄天霸呀！"七叔叔提醒他们。

大乖脑子里浮出李万春的小身子，穿上闪闪亮的花袍。头上戴的满是颤巍巍的大绒球冠子，拿了带穗的花马鞭，跳着跳出台来，一手扯起一幅袍子，两眼瞪大了才喊一声黄天霸——台下大家立刻就喝彩，那是多么好玩！

二乖听见李万春黄天霸的名字，立刻就掀起一幅袍子喊道："黄天霸呀！"杏核样的大眼学哥哥样斜瞪了一下。

忽然大乖想出要去看戏的道理了，说：

"二乖，我们也放八哥假吧，今天谁都放假。"

二乖自然同意。于是雇了三辆人力车上戏园去，爸爸一辆，叔叔一辆，大乖同二乖坐一辆。妈妈向来不爱听戏，上姥姥家谈天去。

两个孩子坐在车上还不断地谈起八哥。大乖这时又有很深远的像大人样的主意。

"我说，二乖，"他郑重地说，"它的声音那么好听，我们把它送到音乐学堂去，让它变成一个音乐家吧。"

"什么家？"二乖不大懂。

"音乐家都不懂。前些日子我们在青年会不是看见张姑姑站在上面唱歌，我们大家都拍手请她再唱，她就是音乐家。听说她在音乐学堂学来的。将来我们的八哥成了音乐家，也站在台上唱歌，多好啊！"大乖同无知的弟弟说话，虽然不大痛快，但是他想到八哥成了音乐家，心里就充满了希望的愉快。

"八哥上台去唱歌，我们俩坐在底下拍手啊！"二乖满脸笑容地说，心想哥哥一定说好。

"那时候我们也像张姑姑的先生一样坐在台上看，不坐底下了。让听的客人拍手。等唱完了歌，我们还要上台演说给大家听。"

"我不敢上台去。"二乖急说。

"怕什么呢，我敢上去。"大乖说到这里，想到演说的人第一句第二句话都说什么"诸君，今天兄弟！"他们的头发都梳得很齐整，搽了发香膏，漆黑的头发中，露出一条雪白的头发缝。皮鞋也很光的，大概演说的人都是一只脚歪歪地伸向一边，台下的人看两只鞋都很清楚的，并不像学堂里先生叫起来问书的样子：两脚立正，像他们班的王大常那次上去演说，先生说他像罚站的演说，惹得大家笑话。

哥哥虽然想到了许多事，弟弟什么都不懂，已经不耐烦同弟弟说了。弟弟也在那里想到八哥的种种样子，滚圆滴溜转的小眼睛，漆黑光亮的小脑袋，又细又长的小黄嘴，怎样伸进小水盂里咕嘟咕嘟地喝水，张开嘴伸出小红舌头来，还有它一歪头喊"开饭，开饭"，是多么可爱啊！他同大乖说："哥哥，我真爱这个八哥，它真好玩！"

大乖只"唔"了一声，接着他肯定地说道："我们一定得把它送去学堂学成一个音乐家，回家同妈妈商量。"

随后到了戏园。他们虽然零零碎碎地想起八哥的事来，但台上的锣鼓同花花袍子的戏子把他们的精神占住了。

快天黑的时候散了戏，随着爸爸叔叔回到家里，大乖二乖正是很高兴地跳着跑，学李万春那样迈步法，跳进院子，忽然想到心爱的八哥，赶紧跑到廊下挂鸟笼的地方，一望，只有个空笼子掷在地上，八哥不见了。

"妈——八哥呢？"两个孩子一同高声疾叫起来。

"给野猫吃了！"妈的声却非常沉重迟缓。

"给什么野猫吃的呀？"大乖圆睁了眼，气呼呼的却有些不相信。二乖愣眼望着哥哥。

"还有哪一只？又是那黑野猫！真气人，腊肉高高地吊在房檐下，它有法子摸得着，金鱼放在铁丝罩盖的水缸里，它有法儿抓出来。一味馋嘴，打了多少次都不怕，这回偷到笼子里的鸟儿来了！老王也是不中用，一只猫都管不了，方才我出门只忘了嘱咐一句，谁知就真会出事。"妈妈愈说愈生气，虽没有高声地嚷叫，可是声音是很急促的，嘴里有些抖颤，"可怜吃得连骨头都不见了！"

"既然没见骨头，这八哥也许飞走了，没有死吧？"爸爸喝着茶插口道。

爸爸这话确给孩子们不少慰藉，他们记得故事里常有鸟儿飞去，想到主人待它的好处，常会衔了一串珠子或一件宝物回来望主人的，这是多有趣呀！他们想着，眼却盯着妈。

"死是一定死了的，瞧那簸箕里的毛，上面都沾着血。"妈答。

簸箕里的鸟毛是方在廊下扫起的，混着血肉乱作一堆，上面还有几个苍蝇飞来飞去。

大乖看见就哭出声来，二乖跟着哭得很伤心，这一来，大人们也意乱心烦了。

　　他们也不听妈的话，也不听七叔叔的劝慰，爸爸早躲进书房去了。

　　忽然大乖收了声，跳起来四面找棍子，口里嚷道："打死那野猫，我要打死那野猫！"

　　二乖趴在妈的膝头上，呜呜地抽咽。

　　大乖忽然找到一根拦门的长棍子，提在手里，拉起二乖就跑。妈叫住他，他嚷道：

　　"报仇去，不报仇不算好汉！"

　　二乖也学着哥哥喊道："不报仇不算好看！"

　　妈听了二乖的话倒有些好笑了。大乖却没理会，他这时正记起《三侠五义》里的好汉怎样报仇，《三国》里的张飞替关云长报仇怎样威武，他只恨没有什么真刀宝剑和什么丈八长矛给他使用，这空拳好汉未免减杀一些威势，想到这里，他吁了一口气，却仍旧拿着棍子跑。

　　"孩子们，上哪里去呀？野猫黑夜里不会来的啊！这就要开饭了，别跑开吧。"妈这时也是实在没法子，也该开饭的时候了。

　　王厨子此时正走过，他说：

慢慢走，长大呀

"少爷们，那野猫黑夜不出来的，明儿早上它来了，我替你们狠狠地打它一顿吧。"

"你哪舍得打它呀！这样偷吃的猫，你还天天给它鱼骨头吃呢。"大乖站住了板起脸来像大人一样声容严厉。

"我的少爷，我怎会护着它！给它鱼骨头吃，是因为看它饿得太可怜罢了。"厨子笑着道。

"它是你的祖宗。"二乖忽然记起昨天在学校听到王玉年生气骂人的话，照样说了出来。

"好了，少爷，别生气了，我一定狠狠打它一顿好了。"厨子说。

"那野猫好像有了身子，不要太打狠了，吓吓它就算了。"妈低声吩咐厨子。

大乖听见了妈的话，还是气呼呼地说：

"谁叫它吃了我们的八哥，打死它，要它偿命。"

"打死它才……"二乖想照哥哥的话喊一下，无奈不清楚底下说什么了。他也挽起袖子，露出肥短的胳臂，圆睁着泪还未干的小眼。

"野猫早上什么时候来啊？在哪里找到它，等我打吧，不要你打了。"大乖忽然决定地问道。

老王走入厨房一边答道："野猫常是天蒙蒙亮跑到后院来，再窜进厨房，要打，顶好一个在厨房，一个在后院等着。"

"二乖，明儿我们天蒙蒙亮就起来打它，一定得替八哥报仇。"大乖一把拉着二乖跑进屋去。

吃过夜饭，两个孩子还是无精打采挨在妈妈身边，水也不喝，梨也不吃，末了大的要去睡，小的也跟了去。

上床后，大乖不像往常那样拉着人就叫讲故事，他一声不响，只闭了眼要睡。二乖却拉着张妈告诉哥哥方才说明日天蒙蒙亮就起的事。

哥哥听得不耐烦，喝着叫他睡好，要不，怕明早起不来了。

第二天太阳还没出，大乖就醒了，想起了打猫的事，就喊弟弟：

"快起，快起，二乖，起来打猫去。"

二乖给哥哥着急声调惊醒，急忙坐起来，拿手揉开眼。

"咱们快起来打猫去。"大乖披了袍子在穿袜子。

"猫起来了吗？"二乖也急了，不知说什么好，手忙脚乱地就要下床。

"怎么忘了，我们打猫去，不是吗？快穿衣服吧，妈妈看见这样要说的。"大乖已经下了床，扣衣服纽子。

大乖自己穿好了，还帮弟弟扣纽子，一边他告诉弟

慢慢走，长大呀

015

弟昨晚上他想的怎样打猫。

"你拿这条藤杆,"他递给他一条鸡毛掸子,吩咐弟弟道,"在后面院子等着打它,不要让它跳上房顶去。我在厨房门口等它,老王说它天蒙蒙亮就跑过后院,然后再进厨房去。你记好了打猫的时候,千万不要逼它跳上房去,它跳上去,我们跳不上去就糟了。"

大乖很郑重地与弟弟清清楚楚地解说了,然后两个人都提了鸡毛掸子,拉了袍子,嘴里喊着报仇,跳着出去,这时家里人都还没有醒。

"打猫!"二乖跑入后院去。

"打死它,报仇!"大乖的声音里含满悲愤,跑到厨房门口去了。

这时刚刚天亮了不久,后院地上的草还带着露珠,沾湿了这小英雄的鞋袜了。三月阳春的晓风,轻寒薄暖地微微地迎着他吹,他觉得浑身轻快起来。树枝上小麻雀三三两两地吵闹着飞上飞下地玩,近窗户的一棵丁香满满开了花,香得透鼻子,温和的日光铺在西边的白粉墙上。

二乖跷高脚摘了一枝丁香花,插在右耳朵上,看见地上的小麻雀吱喳叫唤,跳跃着走,很是好玩的样子,他就学它们,嘴里也哼哼着歌唱,毛掸子也掷掉了。小麻雀好像同他很要好，远远地跟着他跳着跑，一会儿飞上去，一会儿又飞下来，都溜转着它们的小眼睛看他，它们的小圆脑袋左一歪右一歪地向着他装鬼脸似的看，好玩极了。

二乖一会儿就忘掉为什么事来后院的了。他溜达到有太阳的墙边，忽然看见装碎纸的破木箱里，有两个白色的小脑袋一高一低动着，接着咪噢、咪噢地娇声叫唤，他就赶紧跑近前看去。

原来箱里藏着一堆小猫儿，小得同过年时候妈妈捏的面老鼠一样，小脑袋也是面的一样滚圆得可爱，小红鼻子同叫唤时一张一闭的小扁嘴，太好玩了。二乖高兴得要叫起来。

他用手摸小猫的头，一只手又摸它的小尾巴，嘴里学它们咪噢、咪噢叫着逗它们玩。

一只黑色的大猫歪躺在一旁，一只小猫伏在它胸前肚子上吃奶，大猫微微闭着眼睛得意地看着。其余两只趴在一边。

"哥哥来看看，多好玩啊！"二乖忽然想起来叫道。一回头哥哥正跑进后院来了。

"二乖，你在这里……"大乖还没说完被二乖高兴的叫喊给截住了。

慢慢走，长大呀

017

"哥哥，你快来看看，这小东西多好玩！"

哥哥赶紧过去同弟弟在木箱子前面看，同二乖一样用手摸那小猫，学它们叫唤，看大猫喂小猫奶吃，眼睛转也不转一下。

"它们多么可怜，连褥子都没有，躺在破纸的上面，一定很冷吧。"大乖说，接着出主意道，"我们一会儿跟妈妈要些棉花同它们垫一个窝儿，把饭厅的盛酒箱子弄出来，同它做两间房子，让大猫住一间，小猫住一间，像妈妈同我们一样。"

"小猫饿了要找妈妈吃奶呢？"二乖觉得这问题要紧的。

"小猫会咪、咪地叫唤，大猫听见就来了。"大乖一边说一边拾起一根树枝去逗小猫。"哥哥，你看它的小鼻子多好玩，还出热气啦。"

"不要吓着它，它还小呢。"哥哥拉回弟弟抱着猫头的手，一边数道，"看有几只，两只白的，一只黑的，一只花的。"

"哥哥，你瞧它跟它妈一个样子。这小脑袋多好玩！"弟弟说着，又伸出方才收了的手抱着那只小黑猫。

牵手阅读

　　黑野猫竟然吃掉了机灵有趣的八哥！当我们读到这里时，内心一定也和小哥儿俩一样气愤不已，恨不得好好收拾黑猫一顿给八哥报仇。可是故事情节的发展出人意料，这小哥儿俩看到大猫喂养小猫的温馨场景后，将仇恨全然抛到了脑后。其实爱才是消解痛苦和仇恨的良方，以暴制暴、以怨报仇只会将恶的雪球越滚越大。况且生命本来就是平等的，黑野猫、它的宝宝和八哥同样可爱！

慢慢走，长大呀

小汉斯变大人了

［挪威］阿尔维·穆因

小汉斯五岁那年，突然发现大人全是些怪人，而整个世界又复杂得出奇。他先前也曾经碰到过不少莫名其妙的事儿，但那时候到底可以问妈妈呀。

妈妈什么都知道，她说的话保管错不了。

可现在，他说啥也不能问妈妈了，因为就是妈妈自个儿做的事情，把汉斯闹迷糊啦。汉斯抱起小猫，走到花园里自己心爱的角落，动起脑筋来。他想呀想的，想得脑袋都疼了。

汉斯回想起这么一件事：去年夏天，他跟妈妈到城里一个阿姨家去串门。大家都喝咖啡，光他一个人喝牛奶。妈妈的朋友心眼儿挺好，请他吃蛋糕。他从来没看见过这样漂亮的蛋糕，更甭提有多好吃啦！阿姨不时把一大盘蛋糕送到他面前，汉斯就一个劲儿地吃，直吃得肚子发胀。冷不防，妈妈叫他别吃了，说什么再吃下去就要闹肚子了。汉斯发觉妈妈连嗓音也变了，变得挺凶，说罢就恶狠狠地替他擦了嘴。

后来，他们回家以后，妈妈就把他骂了一顿，说他的行为像个野孩子，蛋糕吃了一块又一块。好孩子出去串门最多只吃一块蛋糕——这件事她对他说过不知多少回啦！妈妈还说，她很替他害臊，要是下次再这样，就永远不再带他去串门了。

汉斯替自己辩护：要知道，蛋糕是阿姨自个儿请他吃的呀，她人那么好，那么和气，嘴里还不住地说，"吃呀，请吃呀！"

可是妈妈回答：阿姨这样说，不过是要试试他是不是个有教养的孩子，汉斯应当谢绝才是。

这些大人可真刁钻促狭啊！

难道所有的大人都这样刁钻促狭吗？心里想的是一回事，嘴里说的又完全是另一回事。他们干吗要这样呢？这一点汉斯愣是不明白。但既然妈妈这样说，那反正错不了。

而今，汉斯最怕显得没有教养，所以只要有人请他吃东西，他就赶快谢绝。这样做可真不容易！逢到人家请他吃美味的奶油蛋糕，就越发心痒难熬。有一次，汉斯跟邻舍的孩子阿尔弗在玩，阿尔弗的妈妈拿了块蛋糕请他吃。汉斯怎样也抵挡不住诱惑，就接了过来，刚打

慢慢走，长大呀

021

算吃，他妈妈忽然喊他了。汉斯被这一吓，真是吓得魂灵儿出了窍，蛋糕连一口也没有吃，就被他莫名其妙地埋在花园里一棵树底下啦。

小汉斯千方百计要做个有教养的孩子。不这样不行啊！

慢慢地，他就习惯于自我牺牲了。"不，谢谢。"这句话成了他的口头禅，他甚至没来得及好好想一想，这句话就自然而然从嘴里溜了出来，过后当然又懊悔莫及。汉斯谢绝人家给他东西，说："不，谢谢。"那时，心情十分愉快，他觉得妈妈私下里在为这件事高兴。连上帝也对他很满意哩。

不料后来却突然出了一件事，把汉斯对于世界的看法完全推翻了。孩子茫然若失，不知道往后该相信谁的话才好。

有一次，他在牧师的花园里玩耍。花园里聚着许多孩子，有些是他熟识的，有些只见过一面，也有些孩子他压根儿不认识。英格丽德姑妈的两个女儿——叶娃和爱儿莎也来了。这是两个大姑娘，在学校念书，几乎被当作成人看待了。大伙儿都兴高采烈地在大花园里玩。后来，牧师太太请孩子们吃巧克力糖和蛋糕。

蛋糕可真多：有奶油的，有蜜饯果干的，全都好吃得不得了！大家吃掉了不知多少块蛋糕！汉斯吃得不比别人少。这儿没有人推三阻四，也没有人说："不，谢谢。"尽管一口气吃上三四块蛋糕也没人怪你。这样汉斯也就老实不客气了。

这当儿就出事了。

大盘子里还剩一块蛋糕——一块最最好的奶油蛋糕。牧师太太（她长着一头美丽的头发，老是那么和蔼可亲）端起盘子，绕大伙走了一圈，请每个人吃这块蛋糕。可是孩子们都已经吃饱了，不要吃了。牧师太太走到坐在汉斯旁边的叶娃跟前，笑眯眯地说：

"亲爱的，还剩一块蛋糕，你吃了吧。"看样子，要是不吃，她会老大不高兴的。突然，汉斯嚷了起来：

"要是叶娃不要吃，就我来吃好了。"

所有的大人都笑了起来。叶娃和别的女孩子笑得比谁都响，简直是捧腹大笑。

汉斯觉得自己受骗了。别人都有教养，都谢绝了，唯有他讨最后一块蛋糕吃。

蛋糕就放在他面前的小碟子里，汉斯却连碰也没碰一下，因为他已经饱得要命。他心里闷闷不乐，知道这是十二万分失礼的行为，但这还不是最糟糕的。叶娃和爱儿莎回家会嚼舌头，妈妈知道了准会伤心，对他使性子。她会为儿子害臊，这一点汉斯知道得挺清楚。

一连好几天，他心神不宁，肯定妈妈马上就会什么都知道。

今儿个，英格丽德姑妈带了叶娃和爱儿莎到他家串门子来了。她们坐在露台上，他却躲在紫丁香丛后面，偷听她们谈话。

妈妈喊他喝牛奶和吃蛋糕。汉斯却不回答，他顾不上吃蛋糕。

他听见妈妈说：

"奇怪，他跑到哪儿去了？平常只要桌子上有蛋糕，他总是在旁边的。"

"我倒想知道，他是不是还像从前那样爱吃蛋糕。"叶娃搭了腔，接着就把在牧师家里发生的事情一五一十讲了出来，一边儿讲，一边儿还扮鬼脸笑。她讲得比实际情况更糟。

汉斯吓呆了。

叶娃讲完以后，大伙都笑了。妈妈也笑了。汉斯不明白的正是这个：既然他这样没有教养，妈妈干吗还笑？汉斯大失所望，觉得宁可处罚他倒好些。

一切观念都推翻了，他以为妈妈会伤心，谁知她偏偏发笑。就跟叶娃和爱儿莎一样笑，就跟那天花园里的所有的女孩子一样笑。

汉斯独个儿坐着，闷闷不乐，觉得一股别扭劲儿直往上冲。他恨不得扯开嗓子，把妈妈平常不许他说的那些脏话一股脑儿吐出来。这样她还会笑吗？

也许这压根儿不是什么脏话吧？也许这不过是妈妈说着玩的吧？

汉斯差点哭了出来。他脑中突然闪过一个可怕的念头：妈妈跟所有的女孩子一样坏。

小猫在他膝盖上打呼噜。孩子把它抱了起来，举得高高的，给扔在草地上了。

"滚吧，坏东西！"他说，啐了一口。

汉斯把手插在口袋里，重重地迈着步子，慢慢地走回家去。

〔田怡　译〕

牵手阅读

　　汉斯因为在阿姨家吃了很多蛋糕，被妈妈训斥了一番，但花园蛋糕事件发生后，妈妈却只是和大伙一起笑哈哈的，并没有生气，这其中的原因让汉斯想也想不明白。聪明的你，明白这究竟是怎么一回事吗？

慢慢走，长大呀

025

早

吴 天

陶陶起床时，天还没亮。以前呀，他才不起这么早呢——被子里真暖和，好多美梦都没做完：大苹果刚啃了一口，遍地的蘑菇还没来得及采……等妈妈用两巴掌把这一切都赶走后，陶陶才迷迷糊糊地穿衣，磨磨蹭蹭地洗脸，慢慢吞吞地背书包。

今天，他第一次比太阳起得早，神气地走在大街上，脚步咚咚响，走着走着，禁不住跑起来，红领巾在胸前飘，小书包在背后跳。到校门口时，他气喘吁吁，出汗了。

校门口空无一人。陶陶一惊：又迟到了？可是，那儿并没有校长的冷峻的面孔。

过去，校长经常在校门口拦住他："哪班的？叫什么名字？""背——小学生守则！""你呀，又是你！"每次他都低着头，听着校长的责问。只有最后那次，他在校长身边站了很久，却没听到校长说一句话。陶陶慢慢抬起头来，只看到一双生气而又失望的大眼睛。校长摇摇头，长长地叹口气，转身走了。

校长啊，您今天怎么不站在校门口了？谁第一个到校的，您知道吗？陶陶迈着激动得微微发颤的步子，走进校园。

校园里静悄悄的，只有树上的小鸟在蹦跳着欢迎他。他也像只小鸟一样，呼地飞进教学楼。跑到四（1）班教室门前，他站住了，心里莫名其妙地一阵乱跳。记不清多少次了，他在门口难为情地喊声"报告"，听到老师说"进来"，才敢怯怯地推门……今天，陶陶理直气壮地推开门，教室里空荡荡的，没有老师恼怒的目光，没有同学讥笑的鬼脸。他缓缓走上讲台，黑板上，红色的大字还在：向陶陶同学学习！他一阵激动，向黑板深深鞠了一躬。一低头，感到胸前的红领巾格外耀眼。

昨天，就在这教室里，校长亲手给陶陶胸前戴上一朵红花，特别强调了他是个少先队员，还让他上台讲话……陶陶一年级就入队了，可是，他却从没有这样的自豪感。因为，他常迟到，是同学们顶瞧不起的懒虫！这时，他想：我做了什么呢？不就是把一位一年级的小同学从水里救出来吗？我会游泳呀，会游泳的同学都会去救人的。于是，他讲得很平淡，但得到的掌声却很响，校长的最响。掌声响了很久，陶陶没往心里去，只记住

慢慢走，长大呀

027

了校长的话："一个敢于救别人的人，一定敢于救自己！一定能改掉自己的小毛病！""是啊，哼，看明天早上吧！"陶陶下了决心。

……哟，同学们快来了吧！陶陶快步走到座位上，翻开语文书，开始早读。不知过了多久，阳光照到了课本上，陶陶奇怪了：咦，不对！教室里仍然是空无人影。校园里还是静悄悄的，人呢？哪儿去了？同学们全迟到了？都得挨妈妈的巴掌了？都要被校长拦在门外了？都必须在教室门口喊"报告"了？那，老师呢？

终于，他惊叫起来："呀——星期天！"

牵手阅读

陶陶起了个大早来到学校，心里正美滋滋呢，要知道他往常都是因为迟到被校长先生训斥的那一个，不过怎么等了半天还没看到老师同学呢？原来今天是星期天啊！周一的陶陶还能早起吗？我猜他会的，因为他已经下定决心改变自己，克服自己的惰性。正像校长先生说的，人最大的敌人其实是他自己，对于陶陶来讲，最好的闹铃便是他决定早起的勇气和毅力。读完故事的你有信心向自己的不足之处发起挑战吗？

路　上

梅子涵

　　快上一年级的时候，我们搬家了。原来的家在这条马路的东头，门牌号是60弄，后来的家在这条马路的西头，门牌号是540弄。540减60等于480。就是说，以前的家和现在的家相距480个门牌号。请问，480个门牌号是多长的一段路呢？我也不知道。

　　后来我长大了，这条马路通公共汽车了，我才知道，这480个门牌号之间正好是公共汽车两站路！

　　可是我上的学校是在60弄的对面。所以我每天都要从540弄走到60弄的对面去上学。每天上学，要走两站路，放学回家，还要走两站路，我总共走了多少路啊？乖乖，不知走了多少路哦！

　　不过，我现在要说的当然不是我究竟走了多少路。我要说的是一个人总在路上拦住我，想让我知道他的手劲有多大。

　　他是谁呢？你可能认识的，他叫戴凯荣。

慢慢走，长大呀

他是住在60弄里的。住在60弄我家对面的一幢楼里。比我大好几岁。比我高出不是一个头就是半个头。他有个弟弟，弟弟也比我大。还有个妹妹，不过妹妹比我小。不管是那个弟弟还是那个妹妹，都拖鼻涕。只有戴凯荣不拖鼻涕。我经常到他家去玩的，因为他家没什么好玩，另外还总看见两个拖鼻涕的，所以我总是玩一会儿就走了。

现在这个不拖鼻涕的戴凯荣站在我去上学的路上。

"凯荣！"我喊他。我很亲热地。

你想想，如果你原来是住在60弄里的，可是后来你搬到540弄了，结果没有多少时候，在上学的路上，突然又看见了住在60弄里的人，而且这个人你是经常到他家去玩玩的，尽管他家里有两个拖鼻涕的，那么你是不是会很亲热？

可是他没有答应我。

他慢慢地朝我走过来了。他按住了我的肩膀，说："我要让你知道我的手劲！"

我的肩膀被他一按，就朝一边塌下去了。一个比你大好几岁的人，还比你高出不是一个头就是半个头，把你的肩膀一按，那么你不塌下去可能吗？

然后他就用胳膊夹住我的头。也就是说，我的脑袋被他的胳膊夹住了，不能动弹了。

我的头扭来扭去，可是扭不过他胳膊的力气。他的手劲很大。

我明白了，他这不是在和我闹着玩儿。他也不是只想让我知道他的手劲大。他是打人！打人不一定是用拳头打你的脑袋和身体，用胳膊夹住你的头，不让你动，也是打人！你要说他是欺负人也行。不过我不想说，说他是欺负人，我就显得很弱小很可怜。

我当时临近哭出来了。"临近"你知道吗？就是差不多了。但是我没有哭。我比小学一年级更小的时候就养成了一个习惯，每当我临近哭出来的时候，就忍住不哭出来，于是就不哭出来了。我不哭！

他就这么夹住我的头站在原地不动。然后，过了肯定是不算短的一段时间，才放开，让我去上学了。

我被他夹得裤子也要掉下来了。我拎拎裤子，头也不敢回，往学校走去。

这是第一次的情景。

第二次，也就是第二天，又是这样。还是在老地方。

是的，然后就是第三次。

不过，第二次，第三次，他都没有说要让我知道他的手劲。

我想了一个办法，走到马路的对面，从马路对面去上学。

可是他也站在马路对面等我。

我每一次都是临近哭出来，可是没有哭。而且我没有讲给爸爸妈妈和外祖母听。我比小学一年级更小的时候就不回家说今天谁欺负我了。我不说！

是的，后来怎么样了呢？

那么你希望听我说后来怎么样了呢？

后来，我终于忍无可忍，在他朝我走来的时候，趁他脚跟还没有站稳，就飞起一脚，给了他一个扫堂腿，哈，狗屁的戴凯荣仰面一跤，差点没摔成脑震荡，从此变成傻瓜！

我如果这么说，那么我是编的。我不想这样编。我这样编，英雄是很英雄，可是我没有做过这样的英雄。

后来，正好有个警察走过来，我大声喊："警察叔叔，戴凯荣打我，天天把我头夹住，把我的裤子都夹得快掉下来，你把他抓起来！"

警察对戴凯荣说："你看你这傻样！比人家高出多少！你夹住人家的头干吗？你的手劲大？我现在也夹住你的头试试好吗？当然，如果你现在没有在马路上胡作非为，像个小流氓，那么我是不可以夹住你的脑袋的，可是你现在胡作非为了，像个小流氓了，那么我就可以夹你。来吧，老实点，自动地把头伸过来！"结果，警察一夹，戴凯荣就哇地哭了。丢人啊，就这软蛋样，还要在马路上胡作非为！

我如果这么说，那么是我编的。这样编，好玩是好玩，可是不可能啊，哪个警察会夹小孩的头？戴凯荣也是个小孩。

这天早晨，戴凯荣又朝我走来。他没有想到，这时正有个人在朝他走去。我看见了正朝他走去的那个人，可是他没有看见。我还看见跟在那个人后面的两个拖鼻涕的小孩，可是他没有看见。那个人说时迟那时快，还没等他把我的头夹住，让我知道他的手劲，已经一把拧住他的耳朵，大声喝问："你想在马路上当小流氓，让警察把你抓进去？"

这个人是戴凯荣的妈妈。戴凯荣的拖鼻涕的弟弟妹妹知道戴凯荣在马路上胡作非为，告诉他们的妈妈了，他妈妈跟踪追击。

这还是编的。是的，你别以为拖鼻涕的小孩就不如不拖鼻涕的小孩，拖鼻涕的小孩也知道什么事应该做，什么事不应该做，大义灭亲！可是戴凯荣的弟弟和妹妹也许根本就不知道，他们的妈妈又怎么能跟踪追击……

　　如果我要编，那么后来的可能性的确会有很多种；如果你想帮我编，那么你也肯定能编出不少种。编的时候，你弄不好会觉得，写小说真是一件相当有趣的事情，结果，你就暗暗地想成为一个作家了。

　　可是我要告诉你，后来的结果很简单。后来的结果就是，这一天，我去上学，走在路上，没有看见戴凯荣。继续往前走，还是没有看见。我想，咦，戴凯荣呢？他怎么没有来？我将信将疑地一直走到学校，他还是没有出现。

　　后来也一直没有出现。

　　我不知道他为什么没有再在我上学的路上出现。

　　我也始终不明白他为什么会在我上学的路上出现。

　　但这个故事是真的。不仅成了我一年级的记忆，也成了我这么多年的记忆。不过我好像一直都没有特别恨这个戴凯荣。我害怕过，但是我不特别恨。我说这个戴凯荣你们可能是认识的，你们会奇怪：我怎么认识？我根本就不认识！我的意思是，像这样的莫名其妙的出现，这样莫名其妙的胡作非为，这样莫名其妙的人和事情，你难道就真的没有遇到过吗？或者你的确是遇到过的。你也遇到过像戴凯荣这样的人的。如果没有遇到过，那你也不要急着庆幸，因为你以后可能会遇到！如果遇到了，他把你的头夹住，让你动弹不得，你不要惊慌失措，不要害怕得再也不敢在那条路上行走，不去上学，不去奋斗，退回原处；而是坚持了去面对，继续上路，那么一切其实根本就没有多么了不起，结果，他就消失了。结果，它只不过成为一个可以讲述的小小的故事而已。

我今天，就讲这个小小的故事给你听。现在讲完了。

牵手阅读

　　这篇故事的叙事方法十分有趣，作者并没有直接把故事讲给我们听，甚至编造了几种不同的结局，真实的结局也许不是最富有情节性的那一个，但却最能引发我们的深思，谁能拿得准莫名其妙的人和事情呢？如果真的遇到了"莫名其妙"，逃避与退缩是很难解决问题的，正如作者所言，带着勇气迎面而上，"莫名其妙"也没有什么大不了。

想来想去的事

米 沙

[苏联]高尔基

米沙是一个好动的小男孩，他老想做点什么事情，要是不放他出去玩的话，他就像个陀螺似的，整天讨厌地在大人脚跟前转来转去。

每一个男孩和女孩都很清楚，大人们都总是为一些没意思的事忙得不可开交，因此大人总是没完没了地对小孩子们说：

"别捣乱！"

尤其是米沙，他不得不经常既从妈妈嘴里，又从爸爸嘴里听到这句话。

米沙的妈妈老有事，爸爸呢，一连多少天坐在书房里写各种各样老长老长的书，这些书没给米沙看过，但肯定，它们是枯燥无味的。

妈妈非常漂亮，简直像个洋娃娃，爸爸也非常漂亮，但是他不像个洋娃娃，而像一个印第安人。

有一回，春季将临，天气变坏了，每天雨雪纷飞，米沙不能出去玩了，他一个劲儿地跟爸爸妈妈捣乱，不让他们做事。爸爸问他：

"喂，米沙，你觉得很没意思吗？"

"跟算算术一样！"米沙说。

"那么，你拿着这个小练习本，把你遇到的一切有趣的事情都记在里头，懂了没有？这本子叫作日记本。你将记日记了！"

米沙接过小练习本，问道：

"我会遇见什么有趣的事呢？"

"那我可不知道！"爸爸抽着烟说。

"为什么不知道呢？"

"因为我小时候不好好学习，而且还拿些傻问题去缠人家，自个儿不动一点儿脑筋，明白了吗？喂，去吧！"

米沙明白爸爸指的是他，而且爸爸不愿意跟他说话；他想生气了，可是爸爸的一双眼睛太招人爱了。他只是问道：

"那么，谁干有趣的事呢？"

"你自己。"爸爸回答说，"走开吧，我求你别捣乱！"

米沙回到自己的房间里，把练习本在桌子上摊开，想了一想，在第一页上写道：

想来想去的事

者是日记本。

爸爸给了我一本火练习本。如果我在上面想写什么就写什么，那就会有趣了。

写完后，坐了一小会儿，环顾一下房间——屋子里面还是没变样。

他站起身来去找爸爸。爸爸对他不客气了。

"小弟，你怎么又来了？"

"你看，"米沙一边把练习本递给他，一边说，"你瞧我已经写完了。是该这么写吗？"

"是的，是的。"爸爸匆匆忙忙地说，"只是'者'应该写'这'，不是'火'，而是'好'。你走吧！"

"那还应该写什么呢？"米沙想了想，又问。

"什么都能写，只要是你想写的！想点什么出来写上去……写首诗吧！"

"哪一首诗？"

"不是哪一首诗，而是自己去做一首！真讨厌，缠人精！"

爸爸牵着他的手，把他引到门外，紧紧地关上了门。这真不讲理，现在米沙生气了。回到屋里，他又重新坐到桌边，打开练习本，心里想："还写什么呢？"真不好玩。妈妈在餐厅里数餐巾；厨房里不管什么时候都好玩，可就是不准进去，外面又下着雨，还有雾。

那是在上午，九点一刻，米沙望着挂钟，突然轻轻地微笑了一下，写道：

墙上挂钟指着九点零十五
两根指针好像两撇八字胡

他写出诗来了，高兴得不得了；跳起身来跑进餐厅，叫道：

"妈妈，妈妈，我写诗了，你看看吧！"

"九条。"妈妈一边换餐巾，一边说，"别捣乱。十条，十一条……"

米沙用一只胳膊搂着妈妈的脖子，另一只手把练习本一直伸到她的鼻尖下面。

"妈妈呀！你看看……"

"十二条。哦！你要把我给拽倒了……"

她终于拿起了练习本，她读完诗以后说的话使米沙很伤心。

"嗯，这，大概是爸爸帮你作的。再有，墙字应该写土字旁。"

"在诗里也写土字旁吗？"米沙难受地问。

"对，对，在诗里。你别跟我捣乱，我求你，走开，去干事！"

"干什么呀？"

"哎呀！嗯，继续写诗去……"

"继续！该怎么写呀？"

"自己去想。喏！钟挂在墙上，大声滴答滴答地响着……再写点什么，就成了诗了。"

"好。"米沙说完，乖乖地回到自己的房间里。在那儿他用妈妈的话写钟：

　　钟大声地滴答个不停

但是再往下写就没词了。他是那么用心，甚至不光是手指头，连下巴上也涂上了墨水。

突然，就像谁给他提了词儿似的，他想出了第四句诗：

　　可我还是闷得要命

这是实话，米沙非常寂寞，但是当他写完了四行诗之后，他高兴得甚至浑身发热了。

他跳起身来，飞快地跑到爸爸那儿去，可爸爸真是个滑头，他把书房门给锁上了。米沙敲门。

"谁呀？"爸爸在门里边问。

"快点开门，"米沙兴高采烈地说，"是我，我的诗写完了，好着哪。"

"祝贺你，你接着写吧。"爸爸含含糊糊地小声说。

"我想念给你听听！"

"待会儿再念吧……"

"我想现在！"

"米沙，别讨厌了，走开吧！"

米沙俯身对着锁孔念完了诗，可结果就像他是对着水井嚷嚷一样，爸爸毫无反应。

这真把米沙给气坏了，他又悄悄地回到自己屋里，把额头贴到冰冷的窗玻璃上，在窗边站了一小会儿，然后坐到桌边，开始写他的心里话。

　　爸爸骗了我，他说如果写日记，就会有趣了——一点趣味也没有。这是他想让我别打扰他，我知道。每当妈妈生气时，他就叫妈妈恶鸡婆，他自己也是。昨天我用他的银烟盒玩九柱戏，他发的脾气比妈妈还大。自个儿还说呢，他俩都一样。那次唱歌的尼娜·彼得罗芙娜把茶杯打碎了，他俩说，没事儿，没关系，可要是我打破了什么的话，他们两人就没完没了。

当米沙想起爸爸和妈妈对他有多么不公平时，差点儿没有哭出来，他是这么怜惜自己，也怜惜爸爸、妈妈。他们两个人都那么好，可就跟他在一起时表现不好。

他站起身来又走到窗前，一只湿淋淋的小麻雀停在窗檐上，正在啄自己的羽毛。米沙看了好一阵子，看它怎样梳妆打扮，怎样用小黄鼻子去梳理自己淡褐色的羽毛，小鸟鼻子旁边的羽毛翘着，简直跟爸爸的小胡子一样。

后来，米沙想出了几句：

　　　　小鸟儿的小爪子
　　　　细得像火柴棍儿
　　　　淡褐色的小胡子
　　　　小眼睛像小珠子

往下再也想不出来了，可就是这几行也挺不错了。米沙为自己感到骄傲，跑到桌边，将诗记下，还补写道：

写诗非常简单，只消瞅瞅什么东西就行了，诗自己就出来了。爸爸甭神气，我也一样，只要高兴，就能写书，而且要用诗来写。等我学会了标点符号，学会了什么地方该写土字旁，那时候我就要写书了。拉玛，妈妈，对骂，大马。用这些字也能作诗，可我不想。我不去写诗，也不写日记了。如果你们觉得这没意思，我也一样，那就不应该勉强我写了。那么，对不起，请别缠着我。

米沙那么伤心，差一点没哭出来，但正在这时，女教师克谢尼姬·伊万诺芙娜来了。她身材瘦小，双颊绯红，眉毛上沾着雾气凝结的细小的水珠。

"你好。"她说，"你为什么这样噘着嘴呀？"

米沙傲慢地皱起眉头：

"别妨碍我！"他学爸爸的腔调说，并且在练习本上写道：

"爸爸说女教师是一个翘鼻子的小姑娘，并且说她还应该玩洋娃娃。"

"你怎么了？"女教师一面用两只洋娃娃似的小手擦自己玫瑰色的脸蛋儿，一边诧异地说，"你写的什么呀？"

"不能说。"米沙回答，"这是爸爸叫写的日记，还有我想到的一切有趣的事，把什么都写下来。"

"那你想出来什么有趣的事了吗？"女教师望了一眼练习本，问道。

"还没有想出来，只写了诗。"米沙说。

"有错字，有错字。"女教师喊道，"是的，是诗。嗯，这当然是爸爸作的，不是你……"

米沙又生气了，怎么搞的？谁都不相信他！于是他对女教师讲：

"要是这样的话，我不学习了！"

"这是为什么呢？"

"因为我不学习了！"

这时女教师读了米沙写的有关她的话，涨红了脸，望了一眼镜子，也生气了，说：

"哎！你呀，还写了我。哎！这是怎么回事呀！爸爸真的这么说过吗？"

"您以为他怕您吗？"米沙问。

女教师想了一下，又望了望镜子，说道：

"这么说来你不想学习了？"

"不想。"

"行，我去问问你妈妈对这事的看法。"

她走了。

米沙望着她的背影写道：

　　我像妈妈跟爸爸耍脾气一样，跟克谢尼姬·伊万诺芙娜耍了一阵子脾气，好让她别缠人，别捣乱。如果谁都不爱我，我反正无所谓。以后我再向女教师道歉，然后也记在练习本上面。我将像爸爸一样写一整天，谁都看不见我。我永远也不吃午饭了，甚至连甜食烤苹果也不吃了。夜里我也不睡觉了，我将老是写啊、写啊，好让妈妈像对爸爸一样对我说我累坏了，说我将会神经衰弱，她会哭的，而我反正无所谓。要是谁都不爱我，那反正无所谓。

当妈妈和克谢尼娅·伊万诺芙娜进屋时，他刚刚写完。妈妈默不作声地拿起了练习本，她那双可爱的眼睛含着笑意，开始读米沙的心里话了。

妈妈轻声喊道："哎呀，这孩子……不，这应该让爸爸看看！"

她拿着练习本走了。

"他们会惩罚我的！"米沙心里想。他问女教师："背后说人坏话了？"

"可要是你不听话，那么……"

"让我听话，我又不是一匹马……"

"米沙！"女教师喊道。但是米沙气呼呼地说道：

"我不能够又学习又想一切事情，还得把一切事情都记下来……"

他也许还能说一大堆，可是女仆进来说，爸爸叫他。

"你听着，小弟！"爸爸说话时用手心轻轻按着小胡子，免得它们颤动，另一只手里拿着米沙的练习本，"你过来！"

爸爸灰色的眼睛快乐地闪动着。妈妈靠在沙发上，把头埋在一大堆小枕头里，她的肩膀在抖动，似乎她正在笑着。

"不会惩罚我。"米沙猜到了。

爸爸让他站到自己面前，用两个膝盖夹着他，用一根手指头稍稍抬起米沙的下巴，问道：

"你在调皮捣蛋，是吗？"

"是的，我在调皮捣蛋。"米沙承认道。

"这是为什么呢？"

"不为什么。"

"呃！但到底为了什么呢？"

"我不知道。"米沙想了一想，说道，"你不理睬我，妈妈也不理睬我，女教师也……不，她不是也……她缠着我！"

"你生气了？"爸爸轻轻地问。

"嗯，是的，生气了，当然了……"

"可你不要生气！"爸爸友好地劝他，"这不是我和妈妈气你，你看见没有，她倒在沙发上，在偷偷地大笑呢。我也觉得好笑，我待一会儿也要哈哈大笑起来了……"

"为什么好笑呢？"米沙问。

"我会告诉你为什么的，只不过等以后再说。"

"不，为什么？"米沙坚持道。

"知道吗，这是因为你非常令人好笑！"

"呃……呃。"米沙不相信地说。

爸爸把他放在膝盖上，搔了搔耳朵后面，说道：

"咱们好好地谈谈，行吗？"

"行。"米沙皱起眉头同意道。

"谁也没得罪你，这是坏天气得罪了你，懂吗？要是天气好，出太阳，春天到了的话，你就能出去玩了，那也许一切都好了！可是你在日记本里尽写些胡说八道的话……"

"你让写的。"米沙耸耸肩膀说。

"可是，小弟，我没有让你写些胡说八道呀。"

"也许，你没让，"米沙同意道，"我已经记不得了。可是我写出来的是胡说八道吗？"

"是的，小弟！"爸爸摇着头说。

"那么你写出来的，是不是也是些胡说八道呢？"米沙问。

妈妈从沙发上跳起来，跑开了，就像她的咖啡沸出来了一样。她甚至发出扑哧扑哧的声音，就跟煮开了的咖啡似的。米沙明白，这是她在笑，可是她又不愿意让人知道她在笑。

这些大人——真够会装模作样的。

爸爸也想笑，他鼓起涨红了的腮帮子，小胡子都竖了起来，鼻子也扑哧扑哧地响。

"我有时候，"他说，"写出来的也是一些胡说八道。要想一切都写得好，写得正确，也是很困难的。你想出来的小诗不错，可是别的不行。"

"为什么？"米沙问。

"火气太大。你是我们这儿的——批评家，我起先不知道，你人人都批评。这应该从自己开始，你先把自个儿好好地批评批评。不然的话就别批评。咱们最好别写日记了吧。"

米沙一边用红蓝铅笔画爸爸的稿纸，一边说：

"好，不写日记了，要不然这也跟学习一样不好玩。这可是你自个儿想出来的，你说过：'写吧，会有趣的。'我就写起来了，可是什么事也没发生。你听呀，今天能不学习吗？"

"为什么？"爸爸问。

"我最好跟克谢尼姬·伊万诺芙娜一块儿看看书。"

"可以不学习，"爸爸高兴地同意了，"只是咱们俩必须跟女教师赔礼道歉：因为咱们说了人家还写了人家，这不……合适！"

爸爸站了起来，牵着米沙的手，送他回了房间，轻声说：

"当然，她鼻子有一点翘，这是真的，但最好别跟她提这个。小弟，这不是用文字改正得了的，不管是什么样的鼻子，一辈子就这一个。你看你鼻子上有雀斑，满脸都有，要是我叫你小花脸，能行吗？"

"不行。"米沙同意。

米沙写日记的事也就此圆满结束了。

［孙新世 译］

牵手阅读

　　米沙日记本里的四行诗还真是有模有样的，可是后来记的东西就变了味儿。相信爸爸妈妈一定能明白，米沙真正想要的其实是他们的陪伴。

最幸福的一天

[苏联] 阿·阿列克辛

瓦连季娜·格奥尔基耶夫娜老师对我们说：

"明天开始放寒假，我相信，你们每天都将过得十分幸福，展览会啊，博物馆哪，都在等着你们呢。不过，你们也会有最幸福的一天，一定会有的！那就把它写下来，作为寒假作业，写得好的文章，我将在全班朗读！作文题目就是《我最幸福的一天》。"

我发现，瓦连季娜·格奥尔基耶夫娜喜欢我们在作文中总要写上"最"的字眼：《我最可靠的朋友》《我最心爱的书》《我最幸福的一天》。

除夕夜间妈妈和爸爸吵架了。我不知道吵架的原因，因为他们是在朋友那里迎接新年，很晚很晚才回家的，到了早晨，两人就不说话了……

这是最不好的事情！宁可他们吵一顿，闹一顿，然后就和好。要不然，别看他们走起路来若无其事，和我讲话也是轻声细语，仿佛什么事儿也没有，但在这种情况下，我总觉得出事了。而这事儿什么时候了结呢？那是无法知道的，因为他们两人不讲话啊！就好像在生病的时候……如果体温突然上升，哪怕升到40℃，也没什么可怕的：可以用药把体温压下去嘛。而且我总觉得，体温越高，越容易确定病症，然后就治好了……譬如有一次医生完全以一副若有所思的样子看了看我，对妈妈说："他的体温正常……"我马上就感到很不自在。

总之，寒假的第一天，我们家里就出现了这种宁静和轻声细语，我也就没有兴致去参加枞树游艺会了。

妈妈和爸爸吵架时，我总是非常难过，虽然，在这种时候，他们对我总是有求必应，我想要什么就能得到什么！譬如，我刚说不想去参加枞树游艺会，爸爸马上建议我到天文馆去；妈妈说，她愿意带我去溜冰。在这种时候，他们总竭力表明，他们的争吵绝对不会影响我的生活水平，而且，这和我一点儿关系也没有……

但是我很难过。在吃早饭的时候，我的心情更加忧郁了。起先，爸爸问我：

"你向妈妈祝贺新年了吗？"

而妈妈呢？看也没看爸爸，接着说：

"给父亲把报纸拿来，我听见刚才已经送到信箱里了。"

想来想去的事

妈妈很少把爸爸称作"父亲",这是第一;第二,他们两人都想使我相信:不论他们之间发生了什么,这只是他们的事情。

但是,实际上这也与我有关,而且很有关系!于是,我拒绝去天文馆,也不去溜冰……"最好别让他们分开,别让他们各去各的地方,"我打定了主意,"或许,到了傍晚,一切就都过去了。"

然而,他们还是一句话也不说。

如果外婆到我家来,我想,妈妈和爸爸就能和好了,他们总不能让外婆伤心。但是外婆到别的城市去了,去找她中学时代的女朋友,要十天后才能回来。

不知为什么,她总是在假期里去找这个女朋友,好像她们两人至今仍然是中学生,因而其他时间不能相会似的。

我始终竭力注意观察我的父母亲。他们刚刚下班回来,我马上向他们提出各种请求,迫使他们两人都留在家里,甚至在一个房间里。我的请求,他们总是满口答应,在这一点上,他们简直在相互竞赛呢!而且,他们一直悄悄地、不让人觉察地抚摩着我的头。我想:"他们可怜我,同情我……这就是说,发生了一件严重的事情!"

瓦连季娜·格奥尔基耶夫娜老师坚信,寒假里我们每天都将过得十分幸福，她说："对这一点，我决不怀疑。"但是，已经过去整整五天了，可我一点儿幸福也没有。

我心里暗暗想道："要是他们老不讲话，那以后……"我感到十分可怕，于是，我下了决心，一定要叫妈妈爸爸和好。

必须采取迅速、果断的行动。但怎么做呢？……

我记得在哪本书上见过，或在广播里听过，欢乐和痛苦能把人们联系在一起。当然，使别人痛苦容易，使别人欢乐可就难了。要给别人带来快乐，使他感到幸福，必须想方设法，必须勤奋、花力气，而破坏别人的情绪，这是最轻而易举的事情！但我不想这样做……于是，我决定从令人欢乐的事情做起。

如果我仍然在上学，那我可以做一件难以达到的事情：几何得一个四分。数学女教师说我没有任何"空间概念"，为此还写了一封信给我的爸爸。而我要突然拿回来一个四分，妈妈和爸爸一定会吻我，然后他们也会相互亲吻……

但这仅仅是幻想：还没有人假期里得过分数呢。

在这些日子里，什么事情能给父母亲带来欢乐呢？

我决定在家里进行大扫除。我用抹布、刷子忙活了好一阵子，不过真倒霉，除夕那天妈妈已亲自打扫了一整天。如果你冲洗了已经洗过的地板，用抹布擦拭没有灰尘的柜子，那又有谁能发现你的劳动呢？晚上，父母亲回来后，并没有注意到整个地板干干净净，而只看到我浑身邋里邋遢。

"我做大扫除了。"我报告说。

"你能尽量帮助妈妈，这很好。"爸爸说，但没往妈妈那边儿看。

妈妈吻吻我，摸摸我的头，仿佛我是个父母双亡的孤儿。

第二天，虽然还是假期，我七点钟就起来了，打开收音机，开始做早操，用湿布擦身（以前我一次也没做过）。我在家里跺着脚，大声喘着气，往身上浇水。

"父亲不妨也擦擦。"妈妈说，也没看爸爸一眼。

爸爸只摸了摸我的颈子……我差点儿没哭出声来。

总之，欢乐并没有把他们联在一起，没能让他们和好……他们的欢乐是分开的，各归各的。

这时，我决定采取特别行动，用痛苦把他们联系在一起！

当然，最好是能生病。我愿意整个假期躺在被子里，翻来覆去，说着胡话，吞服各种药片，只要我的父母亲能重新相互讲话，那一切就仍然和以前一样了……是啊，最好能装出生病的样子，而且病得很重，几乎无法医治。但是，真遗憾，世界上还有体温表和医生。

剩下的办法只有从家里消失，暂时失踪。

晚上，我说：

"我要到'坟墓'那儿去一趟，有重要的事情！"

"坟墓"——这是我的朋友热尼卡的绰号。热尼卡不论讲什么，总是先说："你发誓，不告诉任何人！"我发了誓。"守口如瓶。"我答道。

不论别人对热尼卡讲什么，他总是一个劲声明："我任何时候任何人都不讲，就像坟墓一样守口如瓶。"他老是让人家相信这一点，于是得了个绰号"坟墓"。

那天晚上，我需要一个能保守秘密的人！

"你要去很久吗？"爸爸问。

"不要很久，二十分钟左右，不会再多了。"我答道，用力吻了吻爸爸。

然后我又使劲吻了吻妈妈，就像出发上前线或者开到北极去似的。妈妈和爸爸对看了一眼，痛苦还未降临到他们身上，目前仅仅是惊慌，但他们已经有一点点儿接近了，我感觉到了这一点。接着，我就到热尼卡那儿去了。

我到了他家，一看我的模样，他就问我：

"你从家里逃出来的？"

"是……"

"对！早该这样！不用担心，谁也不会知道，我像坟墓一样守口如瓶！"

热尼卡什么事儿也不知道，但他喜欢别人逃跑、躲藏、失踪。

"每隔五分钟你就给我的父母亲打一次电话，告诉他们，说你在等我，着急得很，但我还是没有来……明白吗？一直打到你觉得他们快急得发疯了，当然，不是真的发疯……"

"这是干什么？啊？我任何人任何时候都不会说，像坟墓一样守口如瓶！……你知道……"

但是这件事就连"坟墓"我也不能讲啊！

热尼卡开始打电话了，来接电话的有时是妈妈，有时是爸爸，这要看谁恰好在走廊里，电话机就放在这里的小桌子上。

但是，在热尼卡打了五次电话以后，妈妈和爸爸已经不离开走廊了。

后来，他们自己打电话来了……

"他还没有到吗？"妈妈问，"这不可能。是不是出什么事儿了……"

"我也很着急，"热尼卡说，"我们有重要的事情必须会面，不过，也许他还活着……"

"什么事？"

"这是秘密！我不能说，我发过誓。但是，他是急着要到我这儿来的……一定是发生什么事了！"

"你别说得太过火了。"我预先提醒"坟墓"，"妈妈说话时声音发抖吗？"

"发抖。"

"抖得厉害吗？"

"现在还不太厉害，但是会抖得十分厉害的，你不用怀疑，有我……"

"绝对不可能！"

我很可怜妈妈和爸爸，不过我这样做是为了崇高的目的！我要拯救我们的家庭，必须克制同情心！

我控制住自己，过了一个小时，我受不住了。

在热尼卡又接到妈妈不断打来的电话后，我问他："她说什么？"

"'我们要发疯了！'"他高兴地报告说，显得特别兴奋。

"她说'我们要发疯……'？是说我们吗？你没记错？"

想来想去的事

059

"如果记错了，让我立刻就死！不过还得让他们再难受一会儿，"热尼卡说，"让他们打电话到警察局，到无名尸公示所……"

"完全没必要了！"

我拔起腿就向家里奔去！

我用自己的钥匙轻轻地打开了门，几乎没有一点儿响声，然后蹑手蹑脚地溜进了走廊。

爸爸和妈妈坐在电话机的两旁，脸色惨白，痛苦不堪。他们互相看着对方的眼睛……他们两人在一起受苦，这是多么好啊！

突然他们跳了起来……他们吻我，拥抱我，然后又相互亲吻。

这就是我的假期生活中最幸福的一天！

我心里的石头落地了，第二天便坐下来写作文。我把参观特烈基亚科夫绘画陈列馆那天写成是我最幸福的一天，虽然事实上这还是一年半之前的事情。

我可不能写爸爸和妈妈的事情……瓦连季娜·格奥尔基耶夫娜说过，优秀文章要在全班朗读，而我们六年级二班有四十三个人哪，万一我的作文写得最好呢！

[刘璧予、范彬、曹缦西　译]

可是，你答应过

［英国］约瑟芬·李

这天早上我在钱德勒老师的手臂上咬了一口，那时我正在手工室里往一块木板上钉钉子，一切都很正常，只是心里烦得很。钱德勒老师当时吓了一跳，不过她从来不喜欢多事，这次也没发火。她放下袖子遮住了手臂上的齿痕，吃惊地看了看我，看着那一群惊呆了的、像教堂大门上的浮雕一样站在一边的同学们。她不敢相信我就是她的学生鲍勃·古德温，以为我发疯了。老师在班上虽然也有受委屈的时候，可是被咬这还是头一遭。

我被带进了休息室。护士进来问我："你哪儿不舒服？"我故意答非所问："不。我饿了。"护士给我测了体温，在桌上留下一杯水就走了。第二个来的是校长，他似乎也想为我的举动找出某种理由："你和钱德勒老师发生了冲突？"我没理他，这天早上我注定要被问这许多愚蠢的问题。最后钱德勒老师自己来了，我知道她会来的。她把一沓纸和一支笔往桌上一丢，冲着那杯水笑了笑。我看见了她手臂上的齿痕，齿痕的四周已呈青紫色，手臂也肿了，我心想那一定很痛。

"你不愿开口，那就动笔吧。把这件事发生的原因写一写。"她停了一会，看我有什么反应。我看着她的手臂，感到一阵内疚，可我不愿当面流露出来，宁可把这一切都写下来。

我喜欢上随意写作课胜过上手工课。这倒并不是因为我喜欢写作，而是因为借此可以离开这现实世界。我总是写些火星上的妖怪，或是想象公元3000年可能发生的事情。今天我却不知该怎么落笔，想了很久还只写了个题目："今天早上我为什么咬了钱德勒老师？"并加了道横线，然后盯着下面的空白发呆了。"为什么？"要说清这"为什么"，那得回到很久以前——

要是我告诉你们，我的父母已经离了婚，那你们一定会自作聪明地点着头说："难怪，难怪。"但这并不是我咬人的原因。现在的孩子有两个父亲或是两个母亲是很平常的事情，至少在我们班里有一半是这样。我父母离婚后都没有再结婚。即使有的同学有两个家庭，班里也从没发生过咬人的事情。所以还是从我自身谈起吧。

其实我的父母倒是很好的一对。他们也曾想努力把家庭搞好，结果却发现他们都受不了结婚后的生活，于是便离了婚。父亲每星期来看我们一次，替我们付房租、买衣服。母亲则负责我们的伙食。

放了假，父亲便带我们出去，一玩就是一个星期。我说的"我们"指姐姐、妹妹和我，不包括母亲。这样的安排使我很不满意，以前可不是这样。那时父亲和我经常单独出去，在朗德湖试验我新做的船舰模型，或在汉普斯特德放风筝。这些都是男孩子喜欢的游戏，但主要的是父亲喜欢有我给他做伴，而我也喜欢父亲。我们互相尊敬，凡事都能通情达理，可是现在的安排再也不能使我们称心如愿了。

有一次我向父亲发牢骚，自从他们离婚后我们就再也没有单独出去过，再也没有玩过那些游戏，是不是要等我长大，等他变老了再一起出去呢？父亲看了我一眼，目光有点惶恐，好像我不是他的儿子，而是一个他不能把握的陌生人。他苦苦地思索着，下了很大的决心才开了口。

"你能等吗？等到明年复活节。"他说。

"等整整一年？"

"我快要提升了，那就能多赚些钱。到了明年复活节，要是你母亲不反对，我就带你单独出去，让她们自己上别处去玩。我们去野营，就我们俩，好不好？"

野营！这真是我梦寐以求的事情，没想到父亲要告诉我的是这么一个好消息。父亲以前给我讲过他小时候怎样跟着祖父母走遍了欧洲，晚上在小河边、在山坡上或者葡萄园中支起帐篷露营。那时父亲还有一顶自己保管的小帐篷。啊，那可真来劲。父亲的故事有些像钱德勒老师常念的那些诗篇。我告诉父亲我要像他小时候一样。

"可现在已不是那个时候了，"父亲说，"再也见不到那样的荒野了，一切都由政府管理着，到处是露营商店、弹子房。不过在英格兰也许还有那样的荒野，要是你真的那么喜欢，我就带你上那儿去。"

事情就这样决定了：明年复活节，一个星期再加上周末，有十天的时间。母亲她们决定去布莱顿度假，认为那才是个值得去看看、玩玩的地方。父亲以前曾多次建议全家去野营，可是一次也没有实行过。母亲对这种"回到大自然去"的行动不感兴趣，她只喜欢住豪华的旅馆，吃上等的饭菜，洗蒸汽浴，她和父亲简直没有一处合得来。打那以后，每次父亲来了，我们就在一起计划怎样去野营。

父亲还找到了那顶小帐篷，帐篷没破，大小也合适，不一会儿我便能够像父亲那样熟练地把帐篷支起、收拢了。父亲还给了我一张单子，上面写着汽化炉、电筒、睡袋、防潮布等用品。我自己在邮局里存有一些钱，都是过生日的时候亲戚朋友寄来给我买礼物的，现在正好派上用场。我放在房间角落里的野营工具一天天多了起来，父亲也在不停地充实我的财产。这一年我既觉得时间过得太快，又觉得复活节迟迟不肯来临。野营的事我对谁都没有讲，对母亲也没透露过。学会摆弄帐篷后，我又开始学认地图，我还抽空学了一下急救术。父亲曾说过野营是在荒无人烟的地方，不管你多么小心谨慎，总有意想不到的事情发生，所以要学会如何对付刀伤、烫伤以及扭伤。我还从学校图书馆借了一些有关英国乡村的书籍，这些书丰富了我的想象。我扳着手指算日子，还有三个月，复活节就要到了。

开学的时候父亲又按时来了，可他总有什么心事，每次带我们出去玩都早早送我们回家，好像他还要到别的什么地方去。以前他不是那样，老是磨磨蹭蹭，希望母亲留他吃晚饭。我真担心他会变卦。还好他把野营日记给我带来了，看来不会把我丢下。这是本很好的日记，我工工整整地在日记封面上写下了自己的名字和"野营日记·一九七三年复活节"的字样。

复活节终于到了，一大早我把东西都准备好了放在门背后。

　　母亲她们也是同一天坐火车去布莱顿，行李也都准备好了。她们打算帮我们装车，可是父亲说车子停在另一条街上，而且东西多车子小，她们也帮不上。父亲先拿着东西下楼了。我送走母亲她们以后，顶楼上只剩下我一个人了，我突然觉得空荡荡，一种无名的恐惧袭上了心头。

　　父亲乘着电梯上来了，我一下子冲进了走廊。

　　"把门锁上。"父亲说着奇怪地看了我一眼，一定是我刚才的神情引起了他的注意。下了楼我们向楼角走去，车子就停在那儿。一路上父亲还是不安地看着我。车子后座堆满了行李，把窗都遮住了。父亲平时驾车很稳，可这次他安了两面侧视镜。我一见车子就冲了上去，父亲却拉住了我，我没在意。要说这时还有什么事情能使我激动，那就是能坐在父亲的驾驶座旁边。以前每次出去都是妹妹坐在驾驶座旁边，虽然我的个儿不比她高，可谁叫我年龄比她大呢，我只能挤在后面。

　　我走到车前，一下子呆住了：驾驶座旁边已经坐了一个人。我先以为是西尔维亚姑姑，她比父亲小，在英格兰北部什么地方当护士，经常来祝贺我们的生日。要是她来为我们送行，那可太好了，她常给我零钱——有时多达一英镑。我打开车门，那人转过了身子，不是西尔维亚姑姑，却是个更年轻的姑娘。她对我笑了笑，依旧坐在那里。我站在那儿盯着她，只觉得一阵昏眩，好像跌进了一个冰窟，再也爬不出来了。父亲打开车门，看了我一眼，眼光中充满了内疚，还带着一种恳求，然后把座位挪了挪，让我爬进了后座。父亲用眼光制止了我，好一会儿我都没作声。

他可以不带我去，做父亲的碰到类似的情况通常都这样，随便找个什么借口就行了。我奇怪他为什么不事先透个风，那样母亲也许会说服我跟她一起去。

"我替你安排了一个座位。"父亲对我说。

后座上有两只睡袋，中间凹陷着，那就是父亲替我安排的座位，我挤了进去。他没有马上发动汽车，却指着那姑娘对我说："这是路易丝。"

"你的座位真舒服。"路易丝对我笑了笑说。

我没作声，却忍不住要哭。我从来没流过眼泪，那天差点流了出来。一股无名之火在我心中升了起来，体内隐隐地似乎生出了另外一个人，就是咬钱德勒老师的那个人。我已经顾不得父亲的眼光了，我要问个明白。我尽力克制着自己，可是一开口嗓门还是挺大的。

"她和我们一起去？"

"嗯。"父亲示意她别作声，由他来回答。

"……可是，你答应过……"

"噢，是的。可那是很久以前了，在去年复活节，那时我还不认识路易丝。就是在几星期前我也不知道她会和我们一起去。"

没有办法了，除非一个人回到那空楼里去。

"我们会很愉快的。"父亲驾驶着车子安慰我，可是他的声音里却充满忧愁。

"我也是第一次野营，"路易丝说，"可我一点都没准备，还不如你呢，鲍勃。听说你学会了认地图，还学会了急救术，我真佩服。这一路上你可要多指点啊。"

我惊奇地看着父亲，希望他哪怕只是回一下头也好。难道他没有听见路易丝的话？这同母亲平时的说话如出一辙，专以奉承讨好之词与人周旋。父亲最痛恨这一点，可是这次他却对路易丝笑了笑，那么甜蜜地笑了笑，还把地图给了她。我再也看不下去了，差点嚷出声来："那是我的事，你答应让我来指路的。"可那又有什么用呢？

车子两边的窗子都给行李挡住了。每过一个小镇路易丝就回过头来告诉我镇名，我知道车子正在向北驶去。后来迷路了，一定是到了乡下，因为那儿没有大路，也没有那些能在地图上找到的路标。路易丝已经晕头转向了，她颠来倒去地看着地图，歪着脑袋注视着窗外一条条岔道，完全和母亲一样连东西南北也分不清了。以前碰到这样的情况，父亲早就发火了，可是这次他连嗓门都没有大一点，还以为这挺有趣。终于，车子胡乱跑了一阵，又回到了老地方。

"让鲍勃来试试，你累了。"父亲小心翼翼地建议。

"唉，我的眼睛可实在受不了。"路易丝说。她再也不会承认迷路是她的过错，是由于自己没有能耐，却一味找些借口来开脱自己。父亲连和我会意地交换一下眼色都没有，居然相信她的话。他停下车，帮助路易丝爬到后座上，我一下蹿到前面抓起了地图，生怕他们改变主意。我打开地图，不用父亲指点就找到了我们停车的位置：约克夏。我全神贯注地察看着地图，满怀信心地引着路，车子终于驶过了父亲在地图上做了记号的那座农舍，转向旁边一块空地。我叠起了地图，车子也慢慢停了下来。

"真不赖。"父亲说。

我太高兴了，把坐在后面的路易丝也给忘了，直到父亲和她说话才想起了她的存在。

"我们在这儿支帐篷，"父亲对她说，"你去那个农场提水、取牛奶，就说是古德温先生让你去的，他们会接待你的。这儿的人很热情，会卖给我们鸡蛋、土豆、苹果，还有鸡。"

我真想跳起来大叫"好哇"，可是想起父亲并不喜欢这种轻佻的举动，就没作声。路易丝站在车旁看了看四周。

"要穿过那块草地吗？"她问。草地上到处都是奶牛。

父亲没有听见，正在一边忙着卸行李，我也假装没听见。路易丝干脆钻进汽车坐下了。

"我要和你一起去，"她说，"那儿有狗。"

我倒希望那儿有头疯狂的公牛，一看见她那条鲜红的裤子就……嘿，想她干什么，我自己的事情还忙不过来呢，得支起她那顶大帐篷，还有父亲那顶更大的、里面能堆放各种东西的帐篷。父亲的帐篷带着一个门廊，还有能折叠的桌椅，可以在那儿休息、吃饭。那天刮着风，要竖起两顶帐篷可真不容易。干完后父亲抚摩着我的肩膀笑了，我知道这是对我的赞扬。可是他马上离开了我，跑到车前敲了一下窗子，路易丝浑身哆嗦着慢慢爬了出来。

"你们自己去吧，"她说，"我不舒服，得喝点热的再吃点什么才好。真没想到这儿竟是这么个鬼地方……"

父亲笑了。我从来没见他这么笑过，也不能把这笑声同他联系起来，他在我的眼里变得陌生了。在去农场的路上他又一次破例挽着我的手一起走。

"做医生的就会支使人。"父亲是说路易丝。

我也正这么想。父亲的话像是开玩笑，却又不无感伤，以前他不是这样，至少在我面前没有这样沉闷过，我极力想回笑一下。看来这次野营不会过得很好，但愿它不要太坏。

我们提着水，买了牛奶和一些新鲜鸡蛋回来，鸡蛋是明天早餐用的。天已快黑了，父亲说不必生火，就用汽化炉子煮点吃的。我们小心地侍候着路易丝，沏了茶，煮了几根香肠，还煎了些面包。天空中出现了几颗星星，远处有一堵石墙、一棵桉树，树叶在晚风中沙沙地响着，营地设在这么一个地方真是又安全又舒适。我们点燃了汽灯，一群蛾子围了上来。路易丝打开了收音机，播放着流行乐曲。父亲喜欢贝多芬，平时总是一个人坐在音乐厅，在家里从来不喜欢听收音机，也不看电视，这次我却发现他正随着节拍一起一落地用脚蹭着地。我回到自己的帐篷里，钻进了睡袋，觉得这些成年人真不可理解，我也不想理解。

第二天我起得很早。天下着雨，不是伦敦那种滂沱大雨，而是蒙蒙细雨，它使人感到清新凉爽，一点也不湿衣服，只是把我那散乱的头发粘在一起，像一堆碎玻璃似的。田野里百鸟齐鸣，叽叽喳喳的真好听。不知什么时候父亲也起来了，他站在我身旁教我分辨各种鸟的叫声。过了一会叫声停了，空荡荡的大地上只有我和父亲站在那儿，还有那下个不停的蒙蒙细雨。这充满了诗情画意的景象使我第一次理解了人们——像钱德勒老师那样的人们——所说的"幸福"二字的含义。我情不自禁地用双手倒立在空地上，走了很长一段距离，后来跌倒在地上。可是父亲并没有看着我，他忧虑地注视着汽车。我慢慢地向他走去。

"我饿了，"我对他说，"去做早饭吧。"

"好吧，等做了早饭再去叫醒路易丝，她睡在车里呢，昨晚帐篷里一只老鼠把她吓坏了。你没听见她大声嚷嚷吗？"说着父亲又笑了。

我们煮好了鸡蛋、咖啡，路易丝起来了。

"切几片面包，"我对她说，"涂上奶油。"

"哟，你是谁，这么说话！"她大声嚷道。

我在桌上放好了奶油、果酱、面包和汤。这时太阳透过了细雨，升了起来，我站起身子望着那美丽的景色，闻着令人心醉的咖啡香味。突然背后传来"沱鸣"一声，接着是路易丝的尖叫声。

"哦，我的手！血……血流出来了，救命啊！"

我转过身来，看见父亲向她跑去。

"要昏过去了。"她还是尖声叫喊着，"我一见血就会昏过去。"

我一把抓起急救盒，可是被父亲抢了过去，包扎完毕，我们重新坐了下来。这时咖啡冷了，鸡蛋冷了，连气氛也变冷了，不过总算是一顿丰盛的早饭。可是路易丝又叫了，屁股下面像是安了弹簧似的一下子蹦了起来，手中的咖啡全部洒在面包和奶油上面。

"蜘蛛！那儿有只蜘蛛。"

这以后直到太阳爬得很高很高，路易丝的情绪才有了点好转。父亲说他们要出去散散步，让我留下来写日记。

我里里外外打扫了一下，把东西都放得整整齐齐。父亲曾告诉我一个人最要紧的是：干净、整洁和有规律的生活。干完活我决定出去走走，白天用来写日记实在不值得，上床时写更好些。我朝父亲他们相反的方向走去，一会儿来到一条河边。父亲说过，下水前千万要注意河里有没有空罐头和垃圾之类的东西，还有不经他同意不许喝生水。这儿的河流和伦敦市郊的不同，河底每一块小石子上的斑纹都可以看得清清楚楚。我坐在河边，两脚拍打着冰冷的河水。不知不觉太阳已爬到了头顶上。我没看手表，依靠太阳的位置确定时间，该回去了。

回到营地，看见路易丝正进进出出忙着做午饭，我吹了声口哨——两短一长，这是我们约定的联系信号，也是碰上危险时的呼救信号，父亲匆匆忙忙地出来了，他的神色严肃，我预感到不会有什么好消息。我们互相望着，站在离帐篷不远的地方。

"鲍勃，"他开口了，"我们得改变计划，因为路易丝病了，她不想让你跟着她受罪，她受不了别人为她做出牺牲。不过别担心，我们不是回家。她在不远的地方物色了一家旅馆，那原是古时候一家客栈，很有历史，里面电灯、壁炉什么都有。那小镇也很漂亮，许多地方都值得一玩。刚才我们在农庄里给他们挂了个电话，订好了房间。我们真够幸运的，在复活节居然还订到了旅馆。"

我放在背后的两只手攥得紧紧的，真想冲上去捶他一通。可是突然我什么都明白了，就像一道闪电透进了我的心灵，把一切都照得清清楚楚。父亲为什么故意无视路易丝的种种恶习，原来她在他的心里并不是一个活生生的人，而只是一种象征，一个标志。我朝思暮想的复活节，他朝思暮想的爱人，如此而已。昨天我还幻想着这十天将永远留在我的记忆中，可是今天我只盼望它快点过去。我为自己感到悲哀，更为我的父亲感到悲哀，他比我更可怜。明白了这一切，我强作欢颜跟着父亲重新打包，重新装车，我甚至强迫自己向路易丝问了一些有关那旅馆和小镇的情况。可我心中的火气并没有消散，体内那个隐隐的人正越来越大——他要叫喊，要跺脚，要打碎这世上的一切。可是他们一点也没有觉察到。

我给母亲写了封信，只说父亲带了个朋友和我们在一起，还说我一直想念着她们，希望很快能见到她们。假期结束了，回家路上我们花了一整天，路易丝在旅游指南里面选了两个地方吃午饭和晚饭。到家时夜已深了，路易丝待在车里，父亲帮我把东西搬上了楼。

"今天太晚，"他对母亲说，"下个星期我再来听你们的经历。鲍勃也累了，快上床睡觉，明天还要去上学呢。"说完他走了，姐姐和妹妹也回房睡了。母亲帮我把东西搬进我的房间，免得放在客厅里碍事。

母亲看着我那些原封不动的行李，眼中流露出惊奇的神色。她没作声，甚至那本野营日记掉在地上，她看见里面一个字也没写，还是没作声。她拾起日记本递给了我，然后耸了耸肩膀。

上面就是我所写的，钱德勒老师说最后一部分使她忍不住笑了，其实事情并不可笑。我知道她现在放心了，满足了，自信比别人更了解我了。可是如果她不深思一下，不弄明白我又是怎么了解我父亲的，那她就还没有了解我。她向我保证马上销毁我写的东西。

"没有人会再向你提起这件事，"她说，"我已说服了校长。你回教室去吧，不过我还有个建议。"

我不知道她要向我建议什么，是想在原谅我以后再鼓励鼓励我吗？她的脸上露出一种难以置信的高兴表情，看样子她也在为自己的建议感动着，好像她终于发现了能解决一切疑难的奥妙。

"我也喜欢野营，"她说，"我每年都去野营，和我哥哥一起，还带上一些男孩子。我哥哥在伦敦一所学校里当体育老师，那些男孩子都是他从少年之家里挑选出来的。今年夏天我们将去法国的布列塔尼，你愿意和我们一起去吗？我会说服你母亲的。要不你准备的那些东西，还有你学会的那些知识……那真太可惜了。你要是去，我们就有了一个第一流的指路人，而且还是个急救员。"

我跟着她向教室走去。

也许你们以为我一声不响，心里正高兴着呢，人们总喜欢事情有个美满的结局，也许你们已经掏出了手帕，像我的姐姐和妹妹看了那些毫无价值的电影后那样擦擦眼角的泪水，可是我不会为此而感激你们。我想要做的只是：冲出去，不管碰见哪一个，再咬他一口，让所有的人都为此而大吃一惊吧。

[司一节　译]

牵手阅读

　　鲍勃想要的是像以前一样和爸爸两个人的野营，也许他有很多男人之间的话题想和爸爸说。不承想这次野营计划完全被打乱了，相信你一定能理解鲍勃的痛苦与暴躁，是不是？他只是希望爸爸可以信守"男子汉的承诺"，珍惜两个人难得的独处时光。

表哥驾到

秦文君

　　我真想掌握一句能呼风唤雨的咒语，假如现在念上一句，来一场特大风暴，表哥一行就得改变来这儿做客的计划。

　　可惜，艳阳高照。

　　妈正激动地忙着杀鸡煎鱼煮肉，一边隔一分钟催我一句："快洗澡，快理发，快换衣服。"仿佛我也是一道要隆重推出的大菜。

　　我懒洋洋地应付着。换上那种体面的衣服，我就变得不像我，像只乖乖兔。妈却为此满意，她说："这样，跟你表哥站在一起，反差能小一点。"

　　她每次在夸奖表哥时，总是带点嫌弃我的口吻。有什么办法？表哥虽然我没见过，可早从妈那儿知道他是个世界少有的人。他只比我大一个月，可优点大大小小合起来至少有一百条，什么孝顺、整洁、聪明、会弹钢琴，参加过模型小组，打电脑快如飞，写作文得过奖，等等，包括吃饭很文雅，呷汤没声音……总之，妈出差去过表哥家，回来后就如数家珍。

与那样的表哥见面，让人提心吊胆。

下午五点，表哥一行驾到。

表哥果然相貌堂堂，但太fat。他一见面就对我问好："Good afternoon."

妈欣喜地推推我："用英文回答呀，听见表哥的话了吗？他英语很标准！"

其实在班里我也是个英语尖子，甩几句不成问题，可万一对方再滔滔不绝地出来长篇英语怎么办？所以我果断地对妈说："又不是举行英语比赛！"然后对表哥说："你好！"

表哥的妈妈——我的大姨拍拍我的肩。

妈恨铁不成钢地白了我一眼。真扫兴。我回小房间做飞机模型去了。心里想着，有这样高档次的表哥真让人觉得自己矮了一截。

一会儿，表哥推门进来，我怕他对我做的飞机模型不屑一顾。不料，他倒挺和蔼可亲，点着那小东西说："太棒了！"我看他不像是讽刺我，就送他一个。原本想让他帮我提些改进意见，不料，他很抬举我，拿着它去对大姨说："表弟送我的！"

人家姿态那么高，放下架子称赞我，我还能不对人家好？我俩一会儿就称兄道弟。我建议在小房间布置个模拟篮球场，在那儿玩投篮。我这个主张把他那位天才听得一愣一愣的。不过他平易近人，微笑着答应下来。

　　大姨饶有兴致地来当观众。

　　我弹跳好，投篮动作又帅又准，只是太热了，只能脱了体面的上装。妈进来找东西，立刻骂我是猴子投胎，天生的粗鲁。我看看表哥，人家到底是文雅。虽然他的投篮技术差，动作笨拙可爱得像毛毛熊，可人家跳一下将平衣服，理顺头发，学生精英的仪态一点不变。

　　你能要求爱因斯坦会打网球、托尔斯泰会驾驶飞机？人家表哥，有那么多优秀品质，体育差点是小事一桩。况且，他还挺谦虚，老说："表弟，你很全面。"

　　大姨为我计算着投进多少回。

　　我在家，还从来没有受到过这种规格的鼓励。我现在仍想学会呼风唤雨的咒语，仍是想让老天刮暴风下暴雨。这样，今晚表哥一行无法回旅馆，得住在我家。

　　天，万里无云，一如既往。

　　到了吃晚饭时，表哥和我已是勾肩搭背，亲如一人。

　　能与那种伟大的表哥成为密友，也许我也有点不凡，是"挺全面"。

只是吃饭时，妈的一句话又让我瘪头瘪脑。

饭桌上，妈不停地给大家搛菜。她给表哥的碗里搛了三块排骨两个鸡腿，堆得像丰收的小山；她也给大姨搛，然后搛了两块排骨给我。

"谢谢！"表哥彬彬有礼，一边不负众望，吃得文静而又迅速。

"多有教养！"妈妈由衷地说。

我瞄了下饭桌，发觉排骨盘子里空了，妈妈一块也没有。我也有点生气地说："我吃一块排骨就够了，另一块你自己吃得了！"

妈妈不高兴了："看这孩子，多不知好歹！"

大姨说："这孩子懂事，知道心疼人！那是真孝顺！"

妈则推让说："别安慰我了，他的气我受多了，也习惯了。古怪呀，这孩子。"

我觉得吃饭没胃口，连汤也咽不下。看见表哥端坐在那儿，很正规地进餐，我确实觉得自己是个小傻子。

天突然暗得出奇，还闪电打雷。我敢对天发誓，这次可不是我念咒语呼来的。我有点像掉了魂，坐在窗前托着腮，活像个小书呆子。

其实什么也没想，脑子让什么东西塞住了，谁能帮我校正一下？

唉，表哥驾到，一切都复杂了。

突然，我听妈叫我，我过去。

妈在洗碗，水龙头冲得哗哗响。她不看我，看着水盆，问："刚才你不吃排骨，真是为了想省给我吃？"

我抽抽鼻子："我还有事。"

我也没朝她看，转身走了。

路过客厅，听见大姨正和表哥说话，而且，是一句让人心跳的话："你表弟，够你学一阵的。"

别是把我当反面教材！我得证实一下。

"你别看他不会弹琴，没学过电脑，那些一学就会的！你看人家那灵活样，诚实、孝顺，做的模型多漂亮，你做的那叫什么？还有，明天起，你得像他那样练弹跳……"大姨说得头头是道。

"唉，天天听你说表弟的好话！"表哥好没劲地说，"说得我多没信心！"

我一拍脑袋，这回真像孙猴子那样一蹦老高。而且，我想立即冲进去与表哥握握手，告诉他：我俩真是一对难兄难弟！彼此彼此，相见恨晚。

可不知怎的，我只叫道："表哥驾到——"就涌起一种男儿掉泪的悲怆。

牵手阅读

　　表哥并没有"我"想象的那样高高在上，而妈妈嘴里一无是处的"我"在大姨眼里反而有很多值得表哥学习的地方，"我"和表哥真是相见恨晚，惺惺相惜！要是妈妈和大姨能多交流一下，"我"和表哥的日子一定都会好过很多！

一瞬间的滋味

鹤

傅丰琪

从小，我是别人眼中的乖小孩，为了维护这种美好的形象，必须忍痛牺牲许许多多自己所喜爱的事情。

夏天，在学校里，我偷偷地买了冰棒，躲在树后三口两口地吃完，不能让老师和同学看见，吃零嘴并不是一个好学生所应该做的。

我尽量使自己的面孔保持微笑，并且不厌其烦地帮助同学解决一些无聊的小问题。因此，我年年都当选模范生，没有任何人会吭气。

每次考试，不论用任何方法，都不能让别人的分数比我高，我是同学心目中的英雄，也很满意这种地位，这是我努力争取来的，虽然并不都是用正当的方法。

我一点也不骄傲，至少每个人都这样想，老师当面夸奖我的时候，我会把头低下去，做出一副很窘的样子。同学们时常在背后讲我的好话，我认为那是应该的，我比他们聪明得太多了。

我并不喜欢那群笨蛋，但很关心自己在他们心目中的地位，为了使大家觉得我和他们同一伙，因此必须花些时间和那群笨家伙一起玩些跳绳、躲猫猫等烦人的游戏。

　　每次选班长时，全班都会投我的票，否则，我会恨他一辈子。

　　去年，我在报纸上看到了一句成语"鹤立鸡群"，花了很久的时间，我用隶书把它写好，贴在床头，每天起床后都会看一眼，嗯，鹤立鸡群！

　　升上六年级，我已经十一岁了，在学校中是高年级，生活并没有什么大的变化，仍然是每天上课，放学后在校队中练习棒球。我一直很喜欢打棒球，它使我得到更多的掌声。我想人生就是这样，要永远保持高人一等的姿态。

　　但是，我面临了一个不小的问题。

　　这学期，开学的第一天，何老师带着一个学生走进教室。

　　"起立……敬礼（老师早）……坐下。"我习惯性地喊着口令。

　　"各位同学，今天我们班上来了一位新同学，大家要多照顾他，他的名字叫吴桂芬。"

何老师反身在黑板上写下"吴桂芬"三个字。何老师已经当了我们一年的导师，今天仍然穿着那件土黄色的旧夹克，一转身便可看见下面脱线非常严重了。

吴桂芬并不漂亮，他和我一样，是一个男孩，并且至少比我矮了二十厘米，一副弱不禁风的样子。

"今天全校大扫除，明天开始正式上课，徐宏把工作分配一下，扫完大家就可以回家了。"

何老师大步地踏出教室，我花了十分钟把工作分配完毕，这对我来说是驾轻就熟。吴桂芬负责把黑板擦干净，对新同学总是要客气一点。

回家时，在校门口我又看见了吴桂芬，他正坐在何老师嘎嘎作响的摩托车后座上，车子冒出黑烟。我有一种莫名其妙的感觉，因为他用手抱紧了何老师的腰。

语文课，杨老师一扭一扭地走了进来。

她是一个三十多岁的老小姐，对她谈不上什么喜欢或是讨厌，只觉得有那么一点点怪。

"今天是新的开始，好的开始是成功的一半，大家都是高年级了，应该更懂得做人做事的道理，不久就要上中学了，要好好念书，将来成为有用的人。"

每学期一次的老调，我习惯性地把头低下来，代表沉思或者默许，其实是嘲笑。

我当然会成为有用的人，至于那群傻蛋，谁也不能保证。

"今天教语文第一课，大家跟着我把生词念一遍。"

"晨曦。"杨老师细声细气地念着。

"晨曦。"大家跟着大声念。

"晨曦就是早晨的阳光。"

杨老师在念过生词后会解释它的意义。

"积极。"

"积极。"

"积极就是做事主动、努力向前的意思。"杨老师接着问："哪位同学知道积极的反义词是什么？"

没有人举手，很多人都有意无意地看着我，我在等着公布答案，连我都不知道，怎么会有人知道！

忽然，我看见一只手举了起来，在我的左边，是吴桂芬。

"消极。"

"什么？大声点。"杨老师没有听清楚。

"消极。"

"对了，积极的反义词就是消极，我们做事要积极，不要消极。"

刹那间，我觉得无地自容。也许，从我有记忆以来，还没有发生过这种情形，是惊慌，也是恐惧。

下课后，吴桂芬静静地坐在他的椅子上，我走了过去。

"嗨，我叫徐宏，是这班的班长。"

"我……我叫桂芬。"

"希望你能很快地和大家认识，我们班上的同学相处得都很好。"

"嗯。"

他不太喜欢说话，而且很容易脸红。

"你很棒嘛！怎么知道积极的反义词就是消极？"说的时候，我的心里很不舒服。

"嗯，不记得了，好像以前听人家说的吧！"

从谈话中，我对他有进一步的认识，知道他喜欢算术，喜欢书法，会打棒球。最重要的，是一项重大发现，何老师和他是邻居，每天骑车载他上下学。

吴桂芬的功课不错，这是我以前所不曾遇见的，他也加入了校棒球队，我觉得他和那些傻瓜到底有些不同。

第一次月考成绩公布了，我头一次第二名，吴桂芬比我高了七分，他居然五科都一百，我无法忍受一个人的成绩比我好。

回家后，我整整哭了一个晚上，不过第二天，仍然和他有说有笑。

渐渐地，我发现同学不像以前那样尊重我，我也不再是他们的偶像，因为，居然有人可以考得比我好，我觉得自己好像跌入深渊之中。

我发誓，一定要扳回失去的面子，要让每个人都晓得，没有任何人会比我强。

一个月中，我用心地去听课，偶尔把头转向左方，吴桂芬双眼总是盯着老师，仿佛是在思考什么。

第二次月考，每一道题目我都仔细地考虑，当我交卷后发现算术错了一题时，好像重重地挨了一记，脑中一片空白。

结果是我所害怕的，吴桂芬又赢了我。为什么他都不会错？虽然我只比他少了四分，但所得到的却是轻视和嘲笑。

我仍然没有在别人面前流下一滴眼泪。

"徐宏不行了。"

"吴桂芬好棒哦！"

我时常听见同学这么说，每次都觉得心中在淌血。

我不再是白鹤，我也变成了一只鸡，一只战败了的公鸡。

一瞬间的滋味

091

虽然表面上我还是和同学相处得很愉快，但已经不是领袖，他们居然把我当成同等的。

我恨吴桂芬，永远恨他，我想吃他的肉。

时间一天天地过去，我的地位一天比一天低落，以前我被人所崇拜的，吴桂芬都胜了我，演讲比赛、书法比赛，何老师都派他去，说我以前已经参加过很多比赛，所以把机会让给新同学。结果吴桂芬拿了两个冠军回来。我觉得何老师偏心，我不再喜欢他。

作文比赛，我和吴桂芬一同代表班上，我有些害怕，不能再输，不然会永远抬不起头来。

作文题目是"我的志愿"，我小心翼翼地写着：将来要当医生，因为医生可以减轻病人的痛苦，可以使人在绝望中得到力量，可以……凡是好听的我都写了，写完后自己看了一遍，好感动人！

其实，我是真心想当医生，但最主要的目的，是可以赚很多钱，并且能被别人尊敬，像我家对面的曹伯伯，长得像火鸡一样难看，但是每个人都羡慕他。

一星期后，比赛结果出来了，朝会时校长宣布："作文比赛……六年级，第一名，吴桂芬，第二名，徐宏……"

我慢慢地走上颁奖台，从校长手里接过了奖状和奖品。回队伍时，吴桂芬走在我前面。我真想上前掐住他的脖子。

下课时，我走到他的座位前，装出笑脸。

"恭喜啊！你真是什么都好，你的志愿写的是什么？"

"小学老师。我一直都想当小学老师。"

我懂了，真想大笑三声，哈！哈！哈！

吴桂芬可能比我阴险，我早该想到的。

中午，我到公布栏去看了那篇《小学老师》。

和我想的不太一样，那篇文章并不动人，中间写着：

> 我认为当老师是世界上最有意义的事情，和小学生每天生活在一起，如同在天堂一般。现在我们都喜爱我们的老师，将来我也会让我的学生喜欢。所有科目中，我最喜欢语文，所以将来要做语文老师……

哼，评判老师不教语文，难道还教体育不成！

旁边是我的《医生》，比他写得好了一百倍：

> 医生，纯白的外衣，像是天使的化身。为了病人，奉献出自己的岁月、青春，让白雪爬上双鬓，让皱纹布满全脸。多少风雨的夜晚，孤单地走在人

生的路上，为了远方垂死的人们，牺牲、牺牲……

评语是九个字"文笔流畅，惜词溢乎情"。

我认为评审老师不但偏心，而且愚蠢。

随着日子的增长，我感觉自己彻底被击败了。

在棒球校队中，吴桂芬抢走了我的游击手位置，教练认为他的动作比我更灵活，我被调成二垒手。每次比赛，我都希望他会漏接，但正如考试成绩一样，他从不漏掉一个应该接得住的球。

大约有一个月的时间，我天天都在幻想他被球击中脑袋，不论是打击或是防守。

有一次比赛，关系着我们学校是否能夺得县里的代表权。赛前教练一再叮嘱，要大家放松心情好好打，不要紧张。

比赛一直呈现僵局，双方都无法得分。最后一局，对方先攻，在一出局后，击出一个强劲的滚地球，投手来不及截住，球滚向我和吴桂芬之间，他拼命地朝球奔过来，把球抓住，人扑倒在地上。但只是一眨眼的工夫，他在地上转了一圈便跳起来，并且准确地把球传向一垒，全场爆发出热烈的掌声。

最后，我们以三比一赢了这场比赛，但失去的一分是因为我在最后一局连续失误所造成的，而吴桂芬使我们争到了代表权。

接下来的两场友谊赛，我们都输了，我表现得很糟，失误累累，大家都把过错归在我一个人身上。

第二天下午，我向教练表示要退出校队时，他没有挽留，并且已经安排好了接替我的二垒手。

现在，同学们都在暗暗地高兴，在他们的心中，我变成了一只病鸡，居然有人试图来安慰我，要我不要灰心，可笑！

第三次月考我又输了，从来没有考过这么差的成绩，在班上第四名。这次，完全没有想到是否伤心，发考卷时，嘻嘻哈哈地拿了回来。很多人抢着看我的分数，语文九十四分，算术八十八分，以前，这两科还没有同时不是一百分。管他呢！高分低分还不都是一样。

有个同学把吴桂芬的考卷拿给我看，五张一百。我想把它们都撕掉，最后还是忍了下来，并且在大家的面前夸奖了他一番。

我有些惧怕，如果现在改选班长，我可能只会得到自己的一票。

回家后，我把床头的"鹤立鸡群"一把扯了下来，撕得碎碎的。躺在床上，想着不能再让这种情况继续下去，吴桂芬算什么，我就不相信什么都赢不了他。

突然，脑中出现一线灵感，对！拿出了一张纸，我把计划写下了。

离放寒假还有一个月，够了。

晚上，我兴奋得睡不着觉。

班上发生了一件大事，胖子的手表不见了，老师问他："手表戴在手上怎么会不见？"

"我不习惯戴手表，每次到学校以后，就把它脱下来放在抽屉里，今天中午我要看时间，就找不到了。"

"你今天会不会忘记带来了？"

"不，我带来的，第一节课我还看了一下时间哩。"胖子就怕别人不相信似的。

"有没有人看见王同学的手表？"何老师大声问。

没有人举手，也没有人说话，大家都望来望去。

班上掉了贵重的东西，一向都要全班搜查，由坐在一起的两个同学互相检查，我把旁边那家伙书包里的东西全都倒出来，他也把我的课本一页一页地翻着，不像是在找手表，倒像是找绣花针。

结果花了半个小时，没有人发现那只手表，何老师要我们以后把自己的东西保管好，不要随便乱放，最后不了了之。

第二天，胖子带了一只新表来，他只说他爸告诉他那块表早该掉了。他还是没把表戴在手上，我时常可以在他抽屉中看到那很好看的手表。

一星期后，班上又出现了同样的事，一个同学向老师报告他的钢笔不见了，何老师依照惯例，要坐在一起的人互相检查，谁知失踪的钢笔没有找到，又多出两个人发现自己的钢笔也掉了，何老师脸色铁青。

追问之下，毛病出在上一节的体育课，教室里没有一个人在，一定是有人进来把钢笔偷去。

算术课也上不成了，何老师叫大家一齐站在教室外面的走廊上，压制住了怒气，一字一字清楚地说着："各位同学，我会一个法术，现在我用圆珠笔在你们每个人的右手上画一个圈，你们把手握起来，到校园走一趟，没偷钢笔的人圈圈都会消失不见，偷东西的人圆圈还会在。回来后让我检查一下，就知道是谁偷的了。"

不晓得别人听了有什么感觉，我费了好大的力气才忍住没笑出来，记得第一次听到这种故事时是六岁。

何老师在每个人的右手上画了圈圈，叫大家单独走，交代中途不可以偷看，并且特别强调，如果有人想上厕所，也可以利用这个时候走。

我走进了厕所，看了看手心中的圈圈，只有笨蛋才会把它擦掉。回到教室，老师一个个检查，没有一个人的圈圈消失，倒是很多傻瓜还不明白这是怎么回事。

何老师叫大家坐好，告诉我们以后要加倍小心，上体育课时门窗要关好。没有多久，下课铃响了，何老师垂头丧气地走出教室。

好几天时间，大家都在谈论这件事，每个人都有不同的猜测。我告诉了别人我的想法。我认为这一定是班上自己人干的，因为别人根本不清楚我们班上谁有钢笔。最后，每个人都相信了我的看法，并且要我想想看有没有什么方法可以逮到那个小偷。

我告诉了那些笨家伙一个方法——钓鱼法，拿一支钢笔，放在明显的地方，看看有没有人会把它拿走。大家都很兴奋，马上找来了一支新钢笔，放在离教室门口最近的桌上，便等着瓮中捉鳖。

下课后，没有人敢走近那张桌子，生怕被别人怀疑。三天后，钢笔还躺在那儿。

我想，如果这样能捉到小偷，天真的会塌下来。

时间会冲淡一切，没几天，大家也不去谈它了。但是，像中了魔似的，一天收拾书包回家前，胖子哭丧着脸找到何老师。

"老师，我的手表又掉了，我爸说那是八千块买来的。"

"你为什么掉了一次还不小心点，是不是又放在抽屉里不见的？"何老师的声音比平常大了一倍。

"嗯。"胖子委屈地点了点头。

又是互相搜查，我正要打开邻座那家伙的铅笔盒时，听到了一声喊叫。

"老师，手表在这里！"

是陈大民喊的，他的手里拿着胖子那块"名贵"的手表，全班这么多双眼睛都盯着它，那是从一个书包里找出来的，吴桂芬的书包。

教室中变得好安静，大家都不知道该怎么办，吴桂芬涨红了脸，两手用力握着，何老师大步走上讲台。

"吴桂芬到我办公室来，其他的同学现在可以回家了。"

何老师走出去后，吴桂芬跟在后面，没有一个人愿意回家，大家都充满了兴趣。

"功课好有什么用，我宁愿每次都考最后一名，也不去偷人家的东西。"

"真看不出他是那种人，知人知面不知心。"

"唉！我还把他当作好朋友呢，以后我再跟他在一起，我就不姓张。"

什么恶毒的批评都有，并且没有停止的迹象。我站了起来。

"各位同学，现在我们并不能确定东西就是吴桂芬偷的，也许……也许是别人放到他书包里的。而且，即使是他偷的，大家也同学半年了，我们要学会原谅别人，对不对？"

没有人认为对，但也没有人再说话，大家成群地走出教室，看见何老师正用摩托车载着吴桂芬离开学校，许多人发出不屑的哼声。

第二天，到教室的时候，发现黑板上出现了六个大字："吴桂芬不要脸。"大部分的同学已经来了，我拿起板擦用力地把字擦掉，并且大声宣布："以后不准在黑板上写字骂人。"

吴桂芬在位子上一直没动，连头也没有抬一下，可是全身都在颤抖。

何老师来上课，脸上没有表情。

"大家都看到了昨天的事，我相信吴桂芬没有拿手表，也希望你们都能相信他。还有三天便要期末考，这学期也快结束了，希望各位同学能利用这几天好好地看看书。"

没有人再和吴桂芬说话，每个人都避着他，但都在背后谈论他，有人甚至说早就知道是他偷的，只是不好意思检举罢了。

　　每次我都为吴桂芬澄清，但是一点用也没有，相反使大家更加憎恨他。

　　期末考时，我考得很顺利，因为心情很愉快，有时我会看一看吴桂芬，他总是坐在那里发呆，并没有写考卷。

　　考完后的第二天，全部考卷都改好了，因为是这学期的最后一天，所以大家都有些迫不及待。

　　我第一次因为成绩那么高兴，又拿回了第一名，比吴桂芬高了四百九十八分，因为他得了五个"鸭蛋"。从何老师手中接过了本学期平均第一名的奖状，我笑着走回座位。

　　当何老师刚宣布可以回家时，吴桂芬走到了前面。

　　"各位同学，很高兴能和大家相处了一段不算短的时间，我不敢奢望大家能相信我，不过我已经决定，下学期转回原来的学校，以后我们都还是好同学，我会永远记得你们，谢谢大家。"

　　没有人鼓掌，可能有很多人在心里鼓掌，害群之马终于要走了。我就在心里鼓掌。

　　吴桂芬的眼睛有点红，我走到他身边，握了一下他的手，拍拍他的肩膀，说了一些安慰和鼓励的话，我发现他用一种很怪异的眼神望着我。

一瞬间的滋味

101

　　整个寒假，我都过得很快乐。用了一个下午，又完成一张隶书的"鹤立鸡群"，比以前那张更大、更好看，仍然贴在床头，上床前我都会望望它，连做梦都在笑。

　　快开学时，我收到了一封信，上面没有写地址，也没有贴邮票，只写着"徐宏同学启"。我很快撕开信封，抽出了一张纸，霎时整个头都嗡嗡作响，我看见了自己的字："攻击吴桂芬计划表。"

　　怎么会？怎么会？我一直把它放在铅笔盒的夹层里，期末考考完时还拿出来看了一眼。糟糕，怎么办？我紧张地拿起信封，想看看到底是谁寄来的，一张淡蓝色的信笺掉了出来。

　　徐宏：

　　　　本来我一直不想让你知道，但是考虑再三，还是决定把它送还给你。

　　　　期末考考完的那一天，大家都回家了，我一个人在教室想着怎样和大家解释那件事，走着走着，在地上捡到了一张笔记纸，你可以想象到我看了以后的惊讶。我很兴奋，终于可以洗刷自己的冤屈了。但是最后，我改变了想法，我了解那种在别人面前被唾骂的感觉，既然我已经经历过了，为什么还要让我的好朋友去接受呢？

　　每个人都会犯错。我离开了你们，因为我实在不愿意你也受到伤害，以后我们仍然是最好的朋友，别人都说我们许多地方很相似，不是吗？

　　最后，祝福你新的学期事事顺利，让我们在不同的地方一同努力。

你的好友吴桂芬

　　泪水爬满了双颊，我第一次真正有了失败的感觉，我要去找吴桂芬，去找他……

牵手阅读

　　徐宏这一瞬间心里可真是五味杂陈，苦涩难当，自责、愧疚、悔恨、难过的调味瓶统统打翻在地。鹤立鸡群是指仪表或才能在人群里很突出，但能说鹤一定比鸡更高贵、更了不起吗？追求卓越固然是好品质，但也不能为达目的不择手段。希望经过这件事之后，徐宏能明白什么才是真正的优秀。

一瞬间的滋味

103

打　赌

孙幼军

　　我们班赵凯最爱打赌。一言不合，他就歪着脖子问我："你敢打赌？"

　　我也不示弱，大声说："赌就赌！你说，赌什么？"

　　有时候赌得有道理，比方说，星期六晚上广东对香港的那场足球赛。上回是香港队赢，赵凯认为两队旗鼓相当，双方历来交替着胜负，广东队要报一箭之仇，肯定玩命。这回广东队必胜无疑！我却觉得香港队上次获胜是因为他们队员里增加了一个英国大个子，他们瞧出便宜来，这回准得再增加一个，说不定还是两个，广东队还得输！于是乎——

　　"你敢打赌？"

　　"赌就赌！你说赌什么？"

　　但是，我们也常常赌得一点儿道理都没有，纯粹为了斗气、顶嘴。你不是那么说嘛，我偏这么说！一旦犯了倔，我说明天早晨太阳肯定从东边儿出来，他也敢拧着脖子跟我打赌！我呢，说老实话，来了犟劲儿也不比他差多少，让他逼进死胡同，我同样瞪起眼珠子，愣说公鸡会下蛋。

春游的前一天，我们俩放了学一道往家走，一边商量着明天带不带渔竿。这事商定后，我又盘算明天带什么吃的。一提到这个，赵凯就不吭气儿了。他家穷，能给他出来回的车费就不错了。

"其实我们家钱也不少，"有一回他告诉我，"全让我爸输光了——你可别跟别人说！我爸赌钱老是输，输了不痛快，回家就拿我出气。我妈见他又踢又打，心疼我，就上来拉，一拉，他连我妈一起揍。我妈那么瘦，唉，还不如让他揍我呢……"

赵凯的妈妈非常和气，什么时候见了我都乐呵呵地往屋里让，不像吕建强的妈妈，一见我就皱眉，生怕我去会影响她儿子写作业。她总是描着细眉毛，涂着唇膏，挺像样儿。赵凯的妈妈却穿得很破旧，人也很瘦，可怜兮兮的。赵凯的爸爸那么高，那么结实，打起人来准够受。

我见赵凯不吭气儿，就想起他这些事。我说：

"哎，跟你商量件事儿。我顶烦春游的时候背一大堆吃的了，一上午玩儿不痛快！这回咱们俩合作好不好？

我负责准备吃的，到时候你背着——就背到中午嘛！"

他小心地看了我一眼，吸吸鼻涕说：

"你……准备两个人的？"

我说："那当然。也没什么特别的，吃饱了肚子就得！来两个法式面包、两段大香肠、一人一盒奶油曲奇、五个香蕉。我家冰箱里有现成的易拉罐雪碧，一人来上两个，可那玩意儿太沉……"

赵凯说："没事儿，我有劲儿！"

赵凯中计了。我当然不能让他背一上午，可我要是照实里说，他肯定不干。吃的落实了，赵凯又来了情绪："萧杰你猜，明儿个叶莹莹穿什么衣服？"

我还真猜得出。我早注意到，每回有重要的活动，她都穿一条宽背带的红裙子，上面绣着个黄色的小猫脑袋，其实那是衣兜儿。可是，赵凯干吗要问我这个？我反问他："你说她穿什么？"

"小猫裙子，桃红的！你信不信？"

我不回答，又问他："你猜，张玉玲穿什么？"

他想想说："猜不出来……"

"董芬穿什么？"

"猜不出来……"

我向他扮个鬼脸儿："哈！都不知道，就知道叶莹莹的！"

赵凯脸红了，用两个胳膊肘儿提一下裤子——每回老师提问到他，他站起来都来这么一下，这说明他很紧张。我不乐意让我的好朋友紧张，马上又说：

"那么多衣服，她干吗非得穿小猫裙子？我不信！"

赵凯高兴了："你敢打赌？"

我说："赌就赌！赌什么吧？"

他说："钢笔！"

我说："好，钢笔就钢笔！"

一分手，我就后悔了，这等于跟他赌公鸡下蛋。我心疼我那支钢笔。那是我期末考试进入前三名，我爸送给我的奖品，14K金的，特别好使！

我去买吃的，路过叶莹莹家门口，正看见她扯着一根拴在小树上的猴皮筋儿，跟两个女孩子在那里跳，嘴里还念叨着什么"红苹果，大鸭梨，马兰开花一百一"，那么大的孩子还玩这个！

一看见我，她丢下手里扯着的橡皮筋儿，跑过来说：

"萧杰你去哪儿？"

跟别的女生不一样，她好像特别讨厌男生，不怎么爱搭理。大概因为明天要去春游，她情绪非常好吧！我赶紧回答：

"我去买明天吃的东西！"

她说："还得自己去呀？我妈早给我预备好了！"

说了几句话，我鼓起勇气问她："叶莹莹，你明天穿什么衣服？"

叶莹莹惊讶得两道小眉毛耸起来："呀，怎么问这个？"

看出我有些不好意思，她又变得笑眯眯的："明天你就知道了！"

我没办法，一咬牙，把我和赵凯打赌的事说了。她叫起来："哎哟，你们男生真坏——还注意人家穿什么衣服！"说的时候并不生气，好像还挺高兴。接着她说：

"告诉你吧萧杰，你输啦！我可不能改变计划——这对赵凯不公平！"

我说："我也没让你改变计划呀！"

回到家里，在把吃的东西收进冰箱时，我把我的那支钢笔装进赵凯的那份食品袋里。

大大出乎我意料，第二天集合的时候，我看见远远走过来的叶莹莹穿着一条牛仔裤、一件黄夹克衫。

一点儿都不错，她就是没穿她那件桃红的小猫裙子！

一时间，我心里充满快乐。那种快乐怪怪的，说不出来。当然，我保住了我心爱的钢笔，可是这时候钢笔已经显得无关紧要。我想，我内心深处一定是早就期望着叶莹莹的友谊，期望看到一份特别的关注，而这份关注我现在已经看到了。为了不让我由于损失钢笔而难过，她甚至放弃了自己"公平"的原则！

但是，另外一种感觉马上就占据了我心头。我觉得对不起好朋友——这叫什么事儿啊！我是在背后捣鬼，用很不光明正大的手段保住了自己的宝贝。我欺骗了朋友！

我越想越别扭，几乎打不起精神玩儿了。

赵凯很有君子风度，也带来他那支自来水笔。他一看见叶莹莹就掏出笔来，大大方方塞进我衣袋说："你赢啦！"

我立刻还给他，说："你留着吧，我怕漏我满手墨水！"

他一本正经说："没那事儿！好使着哪，要不然我跟你打赌？"

他的意思是：如果他的赌注跟我的相差太远，他也不会用它来赌，因为那是不公平的。不错，那支自来水笔确确实实也是他的宝贝。

他信守着公平的原则。我呢？我盘算着怎么把赵凯又塞回我衣袋的自来水笔还给他，让他接受我的钢笔。

沿着大湖往前走的时候，我找个机会凑到叶莹莹身边，对她说："谢谢你！"

我还是真心感激她的，而且对于拉她下水，怀着一份歉疚。

没想到，她怔了一下，接着就哈哈哈地笑起来，笑得站住了，又笑得蹲在地上。

"我昨天是吓唬你呢！那件裙子让我扯了个口子，我妈缝了以后，皱皱巴巴，别提多难看了！我根本就没打算穿它……"

我的心一下子轻松起来。这多好！我跟赵凯是双赢！

中午在湖边一棵大柳树下进行的那顿野餐十分快活。我把我的小动作一五一十向赵凯坦白了，还说，要不是叶莹莹的红裙子扯了口子，她肯定要穿的。赵凯接受了他的自来水笔，但是声明：

"这是哥儿们的礼物。可她确实没穿，还是你赢！"

我坚持说："你赢了！"

我们俩还头一回这么谦让。

这以后，赵凯又跟我打过三次赌，也许是四次，都是我赢了。赵凯开始佩服我，叹着气说："跟那回一样，怎么她的裙子偏偏就扯了口子呢？你运气太好！"

到学期末，赵凯忽然一连好几天无精打采，我怎么哄他开心，他也高兴不起来。

这天下午课外活动，赵凯又来了情绪。他活像一只好斗的公鸡，两只眼瞪着我说：

"我们楼里一个阿姨肚子里长东西，住医院做了手术。都说她得死，你猜，她死得了死不了？"

说真的，打这种赌实在没劲。可是赵凯好久没跟我打赌了，我不愿意扫他的兴，我问他："你猜呢？"

他犹豫了一下，说："我猜她一定得死……"

我像往常那样，一瞪眼说："你敢打赌？我说她一定死不了！"

赵凯呆愣愣地看了我一会儿，突然扑上来搂住我的脖子哭起来。

我被他弄糊涂了。我把他的头扳过来问：

"你怎么了，赵凯？"

他哭着说："我妈得了胃癌……都说得了这种病准得死……我不信！你说话最灵，你说死不了，我妈就一定不会死！"

牵手阅读

　　你的身边是不是也有这样的朋友？他和赵凯一样，看起来强悍，内心却无比正直刚毅，隐藏着一块儿柔软的小角落，在这个角落有他对母亲全部的爱。真希望赵凯的母亲能够平安无事，他能再一次跟萧杰为各种各样的事情打赌。

我是白痴

王淑芬

　　我读小学一年级的时候，有一天，老师带我到一间办公室，对我说："人家叫你做什么，你就做什么。"

　　接下来，是另一位老师，拉着我的手，叫我坐下来。她也对我说："我叫你做什么，你就做什么。"

　　她先要我用几块木头，排了些图形；又让我画了一些画，还问我几个问题。我很努力地排图形，努力地画，努力地回答。

　　但是，虽然我是这么努力，那个老师还是一直在她手中的纸上打"×"。

　　几天过后，老师告诉我："你应该到十八班去读书。"于是，我背着书包，和原来班级的同学说："小朋友再见。"

　　他们也说："彭铁男再见。"

　　我被老师带到离原来教室很远的一个角落，那儿有一棵大树和三间教室。

我走进其中一间。

我曾经在下课时间，回到原来的教室，从窗外偷偷看老师。有一个高个子男生走过来对我说："你回来做什么？"他旁边的矮个子男生接着说："对！快回启智班去，你这个白痴。"

他们两个笑起来，我也跟他们笑起来。

那是我第一次听到人家叫我"白痴"。

我不知道"白痴"是什么意思，可是每次有人这么叫我时，他们总是笑笑的。我也开心地跟着笑。

新班级的学生人数很少，每一班却有两个老师。我从一年十八班读到六年十八班。然后，有一天，我的衣服上给别上一朵红花，到礼堂去，听很多人讲话、唱歌。

回到教室后，老师红着眼眶，拉着我的手，说："你毕业了。"

我就毕业了。然后，妈妈又带我到另一个学校。

妈妈说："升上中学，没有启智班，你乖乖读，听老师话，不要给我惹麻烦。"

妈妈在市场卖面，很忙。第二天，我就开始自己上学。我试了几条路，终于找到了那所中学。

当我进到校门口，一个很凶的男老师朝我吼着："你是白痴吗？八点十分才到学校，去罚站。"

站了不久，一个漂亮的女老师走过来，对凶老师说："这是我的学生，脑筋不好，我带回去了。"

我就这样走进"一年爱班"。

下课时，三个男生围着我，其中一个头发鬈鬈的，他说："老师告诉我，你是智力发展迟滞。我知道，你就是白痴！以后，要听我的话，懂不懂？"

我点点头。

他又敲敲我的头，大声说："大家来看白痴！"

忽然，一个男生跛着脚走过来，气呼呼地骂鬈头发男生："难道聪明人就比较聪明吗？"

鬈头发男生说："我们这个放牛班可真精彩，除了白痴，还有跛脚。"说完，他们便拿着篮球，跑到教室外。

我对跛脚笑了笑，觉得肚子里有热热的东西在冲。我低声叫他："跛脚。"

他也低声叫我："白痴。"

我们就这样成了好朋友。

我是快乐的

"如果有人叫你白痴，你应该生气，不可以笑。"有一天，跛脚对我说。

我点点头。但是，我又想到一件事："如果是你叫的，我就不会生气。"

跛脚也点点头。

然而，我却马上遇到难题。

上英文课，英文老师教我们念"课本"的英文。我跟着大家念"不可、不可"，老师却说我念得不对。

她站在我面前，低下头来，让我看到她的嘴。

"看，尾音很轻，不要那么大声。"

她看起来真像一条嘟嘴的接吻鱼。

我很努力地学着，嘴巴翘得很高，连口水也喷出来。老师仍然不满意。她气呼呼地说："你这个白痴，怎么教都教不会！"

我不知道应不应该生气。

下课时，我问跛脚这个问题，他也烦恼地回答："老师跟我们不一样，老师想怎样就怎样。这是没办法的事。"

语文老师，也就是我们的班主任——杨贞兰老师，对我比较好。她送给我一本簿子，有格子的，叫我把课文抄一遍。别的同学在念课文、讲解释时，我就在抄课文。

我很会抄字，小学时，老师每天都让我抄，一行又一行。那些字，我已经忘记怎么写，不然我就可以写给跛脚看，证明我真的抄过不少字。

我其实很喜欢上学。像暑假时，整天在家看电视，很无聊。妈妈又不让我到面店，我很想去帮她端面，可是她不答应，她骂我："你要让全世界都知道我有个白痴儿子吗？"

这个问题很难，我都不知道怎么回答。我认为如果妈妈知道我是白痴，不要把我生下来就好。不过，也可能她并不知道。

在学校，至少还有跛脚跟我聊天。有时候，女生也会找我说话，可是，她们说的话我听不太懂，只好一直笑。

我们的班长是世界第一美人，叫林佳音。跛脚也说她很漂亮。不过，她很凶，常常骂丁同——一个鬈头发的高个子男生。有时，她也骂我，但是她不会叫我白痴，她记得我的名字。

我负责每天提开水。同学很会喝，一下子就喝光。老师会叫我："现在是上课，厨房人少，你赶快去提。"

我便拎着茶壶，走过一间间教室，走过操场，到厨房打开水。操场榕树上有许多鸟在叫，很好听。有时，我就在树下偷听，偷笑，因为有一只鸟的声音像英文老师。

我喜欢学校，我每天背书包到学校抄书、提开水、吃便当，很快乐。

林佳音有一天对我说："彭铁男，我很羡慕你。"

她说的话，我总是听懂一半而已。

她叹一口气，又说："其实当白痴也不错，无忧无虑，不用补习，不必担心联考。"

这句话，我全部不懂。但是她讲"白痴"的时候，我没有生气。我觉得她不像是在笑我。

我还是快乐的。

我要好好读书

杨老师有一天到妈妈卖面的地方，把妈妈吓了一跳。

"我今天是来家庭访问的，铁男一定忘了告诉您。"

妈妈转头看了看我，叹了一口气："我知道这个孩子笨，可是我叫他要乖。他不乖，你就打他。"

杨老师一直摇头："不，不，他很乖。虽然他智商不高，只有七十，是属于可教育性智能不足，但是如果好好教，也能进步的。"

妈妈揩了揩汗，说："请老师给他好好教。"又说："我煮一碗面给你吃，老师很辛苦。"

老师没有吃就走了。其实我妈妈煮的面很好吃，会放两粒贡丸。

妈妈看着老师的背影，告诉我："你看，你的老师那么疼你，跑到我们家来。她说你是'可什么教育'什么的。你只要好好读，就能进步。"

我也想好好读。老师上课时，我都坐得很直，用力地听，但是都听不懂；黑板上写的，也看不懂。所以，有时候，我就会睡着。

以后我不可以睡了，我要开始好好读书。

我就开始好好读书。上历史课时，我拿出课本，用手指着上面的字，一个一个往下数；数到100，再从1开始数。我认真地数，就没有睡。

历史老师在黑板上写满了字，同学都把它抄在课本上。我也赶快拿出笔来，用力看，终于被我找到三个认识的字。我低下头写着"中""大""一"。

我还想再找认识的字时，历史老师已经擦掉，又重新写别的了。

我用铅笔帮课本上的人画胡子，还给他带手枪。我这样画，妈妈一定会骂，所以我又用橡皮擦擦掉。我再找黑板上认识的字，又给我找到了，还是"大""中""一"。我赶快抄在第二页。

这一节课，我没有睡着，我很高兴。

跛脚说："你在普通班学不到什么，你应该进启智班。"

"我妈妈说，这附近的中学没有启智班。"

"所以这是政府的错，政府对不起你。"跛脚讲这种话，吓死人。不过没关系，我不会去找那个叫"政府"的人报仇。

我坦白跟他讲："老师去我家，对我妈妈说，只要我好好读，就会进步。"

我不知道"进步"的意思，但是知道那是好事。

跛脚笑了起来："你好天真！"

我把课本拿出来给他看，一页一页翻；好多页，我都有抄字。

"其实，在心态上，你比多数人聪明多了。"跛脚拍拍我的肩。

我也笑了起来。我喜欢他拍我的肩。

全部都写"1"

其实我并不怕挨骂，但是，如果人家骂我，而我不知道他在骂什么，就会怕。

像现在，杨老师气呼呼的样子，我就很害怕。全班的同学可能也在怕，因为每个人都低着头，安安静静的。

　　老师的声音非常高，跟平常不一样。她一面翻动讲桌上的考卷，一面大声喊着："72、58、33、40……哼！月考考这种分数！"

　　她翻到最后一张了，她的声音也变得像在唱歌仔戏："零分！鸭蛋！彭铁男，你为什么在我的班级？"

　　我也不知道为什么，是学校的人分的。

　　她又大声说："这一次复习考，我们一年爱班总平均分排在最后一名。当然，彭铁男贡献最大。"

　　她把那张考卷扔下讲桌，好像要哭了："被其他老师笑，我真倒霉……"

　　我虽然害怕，还是走上前去把考卷捡回来。那是数学考卷，上面除了写着我的名字，其他统统空白。

　　本来，我也想在上面写一些字，可是，不知道该写什么。

　　想了很久，铃声一响，考卷就被收走了。

　　下课时间，杨老师好像不生气了。她喝下一大杯开水，挥手叫我去。

　　她指着考卷，告诉我："彭铁男，明天是月考，老师教你一些绝招，保证不会零分。"

　　方法非常简单，只要先找到括弧，在所有的括弧里统统都写"1"，就行了。

她笑了笑："老师是不择手段。每一张考卷，总有选择题，而选择题总有几题答案是1。照这种方式，总可以猜个几分，运气好的话，说不定更高哩！"

我当然会写"1"，我答应老师，会好好地写。

隔天考试，我心情好极了，不会再像从前那么无聊。在每一个括弧中，我都写一个直直的"1"，有几个歪掉了，我还擦掉重写。

发考卷时，杨老师不再那么生气了。她居然笑眯眯地对全班说："我真是天才老师。你们猜，彭铁男数学考几分？"

然后，她大声宣布："12分！选择题、配合题各猜对3题。彭铁男，你真聪明！"

我也不好意思地笑了笑。

最不好意思的是生物课。生物老师骂同学："选择第3题，全班都中陷阱，只有一个彭铁男答对。你们都是白痴吗？"

丁同不服气地抗议："彭铁男是猜的。"

生物老师更气了："你有本事也去猜啊。对就是对，错就是错，分数最实在。"

我很高兴有学上，有老师教我读书，教我考试。但是，我不可以太骄傲。

我知道"骄傲"是什么，就是自己说自己"什么都懂"。我不能骄傲，因为我知道，其实我什么都不懂。

跛脚说："彭铁男，有人连这一点都不懂呢！"

你看，像跛脚这句话我就不懂。

我做一朵花

"老师，拜托啦！我们不是幼稚园的，是中学生！"丁同大声地向美术老师抗议。

刚才，美术老师发给我们一张红色皱皱的纸，说要做一朵康乃馨，当母亲节礼物，送给妈妈。

美术老师瞪着眼睛，问丁同："中学生就不必孝敬妈妈吗？你的妈妈真是白养你了。"

丁同就没有说话了。他低下头，用力地拿剪刀剪纸。

我喜欢上美术课，我拿着剪刀小心地剪纸。还要剪成尖尖的边，再绑起来，变成一朵花。

可是我的纸没有变成一朵花，最后变成四片破破的纸。老师走过来，看了看，说："你剪错方向了。"

老师很好心，就帮我剪，然后叫我自己绑。

我学别人把剪好的红纸叠一叠，抓起来绑。看别人做好像很简单，但是我的纸特别奇怪，怎么样也抓不好。

"彭铁男，你抓好，我帮你绑。"班长林佳音走过来，手里拿着铁丝。

我不好意思地抓着纸，让她在我手上绑来绑去。她长得这么漂亮，又好心肠。我好想请她到我家去吃面，我会叫妈妈给她的面加三粒贡丸。

可是我不敢说话。她绑好了，再把纸弄一弄，就变成一朵花了。

"你要把花送给妈妈，知道不？"她又教我，送花的时候，要说："母亲节快乐。"

她叫我练习几遍，确定我已经背出来，她才走开。

跛脚也做好了，他的花很大，像碗公花。他对我说："我的妈妈很可怜，为我吃过不少苦。"

我知道什么是"可怜"，就是会哭的那一种。

他又说："彭铁男，你的妈妈也一定为你吃过不少苦。"

我其实不知道妈妈吃什么，我看过她吃饭和面。有没有吃苦，我也不晓得。

放学的时候，我把花拿在手中，一直背："母亲节快乐。"丁同却走过我身边，把他做的花扔进垃圾桶。

他回头看看我，说："白痴，赶快把花送给妈妈，好让妈妈喂你吃奶。"

他大概不知道，我已经没有在吃奶了，现在我都吃面。他是不是没有妈妈，才把花丢掉？

不过，我没有问他。我如果说别的话，会把刚才背的"母亲节快乐"忘记。

回到家，妈妈正在煮面，店里有三个客人。我把红色的纸花递给妈妈，说："母亲节快乐。"

妈妈吓一跳的样子，把花塞进围裙口袋。

有一个客人说："你儿子孝顺哟！"

妈妈就说："哪有哦，不要给他气死就好。"

可是妈妈笑笑的。

第二天早上，我看见妈妈的围裙红红的。原来那种皱皱的纸会褪色，把围裙染脏了。我告诉妈妈，妈妈却说："没有关系。"

她把纸花拿出来，看了又看，再放回口袋。

过了很多天，那朵花一直放在她的口袋里。

我下次还要再做一朵花送给她。

送给跛脚的

跛脚为什么会跛脚，我不会讲。他曾经告诉过我，好像是一种病害他的。我只记得他说："我们都是倒霉

一瞬间的滋味

人。你是天生倒霉，我是后天倒霉。"

我很高兴我跟他一样有倒霉。我觉得跛脚像兄弟，他对我好，常常请我喝汽水。如果有人叫我白痴，他会狠狠瞪他。

可是跛脚很怕上体育课。如果是我的腿一条长一条短，我也会怕。因为跑起来一定比别人慢，而且样子也很怪。

最怪的是，体育老师如果讲："你不必跑，到树下休息。"跛脚会更气，他总是用很低很低的声音说："我可以跑。"

所以每次体育课，我就陪跛脚慢慢跑。我平时跑得很快，要慢慢跑有点儿困难。我就咬紧牙，闭紧嘴巴，一步一步跳，这样就慢下来了。

跛脚笑我："你这样跑，很像乩童。"

我也笑他："你跑起来像跛脚。"

跛脚笑了笑："我本来就是跛脚。"

玩球的时候，我都站在跛脚旁边，如果有球丢过来，我会替跛脚挡住。可是，等了一节课，都没有人传球给我们。我和跛脚只好一直讲话。

后来，体育老师说要考试。他吹哨子，告诉大家："每个人围操场跑一圈，我要计时间。"

全班同学就按照号码开始跑。

体育老师叫我和跛脚最后跑，说那样才不会浪费时间。我觉得体育老师很好心。

轮到我和跛脚了，丁同一直说："老师，让我们先回教室吧，他们两个要跑到哪年呀？"

体育老师很凶地说："你的意见很多哦。"

跛脚站在起跑线上，轻声对我说："彭铁男，这是要打分数的，你不用陪我了，要跑快一点儿。"

他想了想，又说："你其他科目成绩不好，不要连体育课都不及格。"

我点点头。

老师哨子一吹，我就和跛脚开始跑。跛脚很用力地跑，屁股扭得很快，样子很好玩。不过我不会笑他，他是因为很认真跑才那么好笑。

但是我听到同学在笑。我看看跛脚，他嘴巴闭得紧紧的，汗从头顶滴下来，滴在他的睫毛上。不知道的人，一定以为他在哭。

"你快跑，不要等我，白痴！"跛脚突然骂我。

我就很快地往前冲。

我冲过一年级教室，冲过司令台，又冲过体育老师。一下子，又冲过跛脚身旁。他还在用力地扭着屁股。

我听到体育老师在背后叫："跑一圈就好。回来！可以啦！"

我还是再冲过一年级教室，冲过司令台，然后再冲到老师面前。

"你这个白痴，我不是说跑一圈就好，你跑两圈做什么？"老师骂我。

我喘着气，回答老师："我多跑一圈，是要送给跛脚的。"

跛脚才刚刚跑到凤凰木那里。

老师忽然笑起来，摇摇头："你真是……"

他没有再骂我"白痴"。

牵手阅读

　　"白痴"和"跛脚"并没有被命运的不幸打倒，始终坚守着内心的善良与爱。"白痴"也能拥有真正的友谊，"跛脚"跑不了的路程有"白痴"来填补，最佳拍档不过如此。也许我们本身不是那么完美，但两个人互相补充，依然能够走向圆满。

泥 人

程习武

　　他八岁了，八岁的他常常在脑壳里冒出些稀奇古怪的念头。比如他想一下子变成大人，像他的胡子老师那样嘴巴上长了胡子，然后手指头夹着烟，坐在办公室的沙发上面对面和那像他一样长着胡子的老师谈话，同时很神气地把烟灰弹到那浅蓝色的烟灰缸里。他想像胡子老师一样手里拿着教鞭站到讲台上，打出很多很多个漂亮的手势。他的稀奇古怪的念头总是围绕着他的胡子老师。

　　现在他的念头是要和胡子老师说点什么，就他和他两个，在一个很静很静的地方。这地方不应该再有其他人了，他想。

　　说什么呢？他首先想的是这个问题。说说学习吗？问问前天的考试得了多少分吗？这都是教室里的事，他摇摇头否定了自己。说小兵又打强强了吗？说小兵抄了我的作业吗？小孩子才打小报告呢，他给自己笑笑，又一次否定了自己。那么，说什么呢？什么都不说也可以，就让老师看看我捏的泥人吧！这时他才感觉到，自己本来就是想让胡子老师看他的泥人的。他能捏出好多好多样子的泥人，他也捏了好多好多样子的泥人。他常常去村边的坑里挖回来胶泥，在家里平展展的捶布石上，"叭叭"地摔得它软溜溜的，比妈妈在盆子里和的面还软，然后他就可以捏了。这样他的抽屉里就摆满了泥人，有爸爸、妈妈、爷爷、奶奶，当然还有他自己，还有他的小伙伴，除了没有小兵，谁都有。小兵好打人好抄作业，他才不捏他呢！让老师看什么呢？当然要挑最好的。先挑那个故事大王吧，那个歪了头顶着鸭舌帽的。还挑那个放牛娃，不过得再给放牛娃捏一支笛子，他不能让胡子老师揪着胡子笑他："没有笛子算什么放牛娃呀！"他前天才从电影上看到的，放牛娃是吹着笛子的。当然还有那个一手拿书一手拿粉笔的老师。那老师当然是长了胡子的。他本来还想捏一只手揪着胡子，可他从来没有见过三只手的人，他就打消了那个念头。最重要的是那个正捏泥人的小泥人，他觉得那是他捏得最好的。他要问胡子老师他捏得好不好，他要问胡子老师喜欢不喜欢，他想胡子老师当然是喜欢的，胡子老师肯定不会像妈妈那样说他。他捏的泥人谁见了都说好，胡子老师怎么能不喜欢呢！这时他才感到，他让胡子老师看泥人就是要得到胡子老师的喜欢的。要是胡子老师说喜欢怎么办呢？想到这个问题，他就有些犹豫了。他不想让那些泥人离开他，离开他那个小小的抽屉。离开了他们那个热热闹闹的家，小泥人找谁玩去呀！他要是哭起来怎么办呢？那么就不给胡子老师了。这个念头刚一出现，还没有固定下来，他就又反问自己了，怎么能不给胡子老师呢？胡子老师呀！胡子老师要说喜欢怎么能不给呢？这些话在他脑子里来来回回爬了好久，最后他还是拿定了主意，送给胡子老师一个，就送那个正捏泥人的小泥人。

这之后有好几次他都要取消送给老师的念头，可他想到这是赖账。赖账？小孩子才赖账，我赖什么账？他用这样的方式来使自己坚定。

接下去他就要选择时间和地点了。他已经看了几天想了几天了，选哪儿呢？什么时候呢？教室里有很多双小眼睛。他才不让他们看呢！那次小兵看了他的泥人，说真好看，他就送了小兵一个，可没玩几天，小兵就把泥人扔了。从那一回后，他就再也不把泥人送给别人了。在胡子老师的办公室里吗？那里有很多双大眼睛，其他的老师要是要呢？他摇了摇头，笑了。他觉得这些理由都不是重要的，他只想自己一个人让胡子老师看，他不想让除了胡子老师以外的任何人发现他的秘密。他想应

一瞬间的滋味

该选在校园外面，选在很静很静的野地里，就在胡子老师回家的路上吧。当然就在上午了，那时候阳光灿烂。他知道胡子老师每天上午放了学，都要回家的。胡子老师的腿很长，胡子老师走起路来咚咚响，胡子老师走路也揪他的胡子。胡子老师走路的姿势很好看。胡子老师走的那条路要穿过一条河沟，那河沟没有桥，平日里也没有水，只有雨天才会在河沟中心哗哗地淌出一道小溪，揪着裤腿蹚过去，凉凉的很有意思。就在那条河沟里等着胡子老师吧。他想。

这一天的阳光很灿烂，灿烂得像金子一样好看。他没有见过金子，但他常常听大人们说金子黄得好看。他揉着眼睛一看到这灿烂得像金子一样的阳光，心里就涌起了激动，这激动使他显得手忙脚乱的，他甚至把两只鞋子都穿反了。坐在饭桌前，有好几次把他的筷子伸到妈妈的汤碗里，弄得妈妈好几次说发了神经，最后一次，还用巴掌拍了他的脑壳。汤没有喝完，他就撂下筷子和碗跑向学校了。今天，他就要让胡子老师看他的泥人了。头一节课有点惶惶不安，不时地望窗外，老师连着瞪他两眼，他还没能收回神。直到第二节课胡子老师走上讲台，他才呼了一口长气，他才不再为胡子老师不来而担心。看着胡子老师站到讲台上，他心里的那种激动又开始翻腾起来。他不敢接受胡子老师的眼光，他怕胡子老师先看破了他的秘密。在走到那条小河沟里之前，这秘密他也不想让胡子老师知道。最后的一节自习课上了一半，他就揣上他的泥人跑了。

他走到那条小河沟里，沟里浅浅地长了很多草，有虫子躲在青草后面吱吱啦啦叫唤。太阳正悬在头顶上，灿烂的光洒满了一河沟，哪儿都是静悄悄的。顺着沟往远处一望，一道水汽飘飘荡荡地在青色里升腾，然后谜一样地溶进了蓝天。他把泥人掏出来，托在自己的两片手掌上，红褐色的泥人就罩上了一层金黄，然后就在两片手掌上跳跳跃跃。他听见了故事大王在给他讲猴子捞月亮，他听到了放牛娃吹得弯弯曲曲的笛声，他看见了那个正捏泥人的小泥人，把手里的泥巴捏成了小鸡小猫或者一轮刚刚出来的太阳。忽然远处传来了铃声，泥人们就停在手掌里，他也从那美妙的境界里走出来。他知道那是放学的铃声。忽然他想应该走得远一些，然后再折回来，正好和小河沟里的胡子老师碰面，那样胡子老师就不会看出来他是在专门等他。

他远远地望见胡子老师了，他心里像揣了一只兔子，嗵嗵地蹦。胡子老师要问我捏泥人不耽误学习吗，我怎么回答呢？当然应该说真话，是星期天做了作业挖了泥捏的。胡子老师肯定要抚摩着我的脑袋，揪着他的胡子夸奖："捏得真好，好好捏下去吧！"肯定还会笑眯眯地问："送给我一件好吗？"

越走越近了，心就蹦得更厉害。已经能看清胡子老师的胡子了，他才想起了泥人，他就把泥人摆在手掌上，迎着胡子老师走过去。

"老师……"在小河沟里，他和胡子老师走到了一起，他的喉咙里吐出颤颤的声音。

"嗯。"胡子老师点点头，揪了揪胡子，眼光淡淡地从手里的泥人们身上掠过去，又揪着胡子走路了。

他一动不动地站在了沟底，有两滴亮闪闪的东西从他脸上落下来，在正捏着泥人的小泥人身上撞出一片亮闪闪。

牵手阅读

都说男儿有泪不轻弹，他的眼泪却是这样猝不及防。他的眼泪好像在问，为什么一切都跟我想的不一样？他以为胡子老师会懂他，但现实和自己的幻想相差甚远，自己的忐忑、兴奋看起来都那么愚蠢。或许我们可以走过去轻轻拍拍他的肩膀，告诉他："没关系，我很喜欢你的泥人，也很喜欢你。"

当爷爷进老人院的时候

[马耳他] 安东·布蒂吉格

亲爱的爷爷，

我还记得

你到老人院去那一天，

尽管是很久以前，

四十多年了，

我觉得还像是今天！

你的钱花光了，你儿女的工资

又不足以赡养你。

你壮年时期曾卖劲地干活，

在陆上和海上，

有上百次

你几乎淹死在海里！

但你的血汗工资

都落到了雇主的腰包，

而你总仍是贫穷，

一瞬间的滋味

仅仅能够糊口。

如果你真正愿意，
你满可以卖房子过活
再过他几年，
但你不愿看到我们
被赶出你用汗水盖起的房子；
因此你宁愿
住进老人院，
住在那又湿又冷
充满了种种难闻气味的
大收容所里，
离开了你所喜爱的人。

这一天来到了；
你起得很早，
穿上凉鞋和最好的衣服，
提起包袱，
你走下楼去……
寂静和沉默笼罩下来，
像死一般……

每一句说出的话都会

刺穿那痛苦的心，

你只说了一句："我走了。"

我的母亲，为了安慰她自己，

也为了安慰你，她说：

"这星期天我一定去看你。"

你离开了家；

尽管你不愿意，我还是追着你跑……

我记得……

你离家的时刻，只走了五步

你站住了，

你回过头来，

望着你所爱的家，

你的妻子（我奶奶）是死在这里边的，

在这里你把儿女抚养成人，

在这里你和我们孩子们一起游戏，

给我们讲我们的马耳他的故事，

你向它望了最后的一眼，

你向它做了最后的告别。

有时候人的心是多么坚强，

竟能继续着生活和跳动，

永不停止，只管逼着他吞咽下

生活里的一切苦痛！

我们一同向前走着，

直到我们走到公共汽车旁边。

你对我说：

"走吧，我的孩子，上帝保佑你。"

我失声哭了，我的小小的哭泣

撕碎了你的心，

你双眼流下了

两滴很大的泪珠。

你攥着手绢

慢慢地踏上了公共汽车，

我站在那里看着汽车驶去，

越走越小，越走越远，

直到

它完全消失！

[冰心　译]

　　爷爷将自己的一生都奉献给了家庭和子孙后代，家之于爷爷不仅是年轻时奋斗的见证，更承载了大半生的喜怒哀乐，这份情感与记忆是最难割舍的。如果生活允许，爷爷又怎么会舍得离家？年幼的"我"对此无能为力，但透过这首四十年后的小诗，我们能够看出，在"我"的心里何尝不是淌满泪水，"我"永远铭记着爷爷踏上公共汽车时佝偻的背影和两行浑浊的泪水。

流淌的童年

童年乐事

林海音

我的生活兴趣，很广泛，也很平凡。我喜欢热闹，怕寂寞，从小就爱往人群里钻。

记得小时候在北平的夏天晚上，搬个小板凳挤在大人群里听鬼故事，越听越怕，越怕越要听。猛一回头，看见黑黝黝的夹竹桃花盆里，小猫正在捉壁虎，不禁吓得呀呀乱叫，但是把板凳往前挪挪，仍是怂恿着大人讲下去。

在我七八岁的时候，北平有一种穿街绕巷的"唱话匣子的"，给我很深的印象。也是在夏季，每天晚饭后，抹抹嘴，急忙跑到大门外去张望。先是卖晚香玉的来了，用晚香玉串成美丽的大花篮，一根长竹竿上挂着五六只，妇女们喜欢买来挂在卧室里，晚上满室生香。再过一会儿，"换电灯泡儿的"又过来了。他背着一个匣子，里面是新新旧旧的电灯泡。拿家里断了丝的旧灯泡，贴几个钱，跟他换新的。我一直不明白，他拿了旧灯泡去做什么用。然后，我最盼望的"唱话匣子的"来了！他背着"话匣子"（后来改叫留声机，现在要叫电唱机了），提着大喇叭。我看见了，就飞跑进家，一定要求母亲叫他进来。母亲搅不过我总会依了我。只要母亲一答应，我又拔脚飞跑出去，还没跑出大门就喊：

"唱话匣子的！别走！别走！"

其实那个唱话匣子的，看见我跑进家去，当然就会在门口等着，不得到结果，他是不会走掉的。讲价钱的时候，门口围上一群邻居小朋友，他们都用羡慕的眼光看着。讲好价钱进来，围着的人，就会挨挨蹭蹭地跟进来，北平的土话叫作"听蹭儿"，就是不花钱听戏的意思。

"唱话匣子的"，把那大喇叭装在话匣子上，然后摆上百代公司的唱片，把弦摇紧，唱片转动了，先是那两句开场白："百代公司特请梅兰芳老板唱《宇宙锋》。"金刚钻的针头，在该退休的唱片上，摩擦出吱吱扭扭的声音，吱吱啦啦地唱起来了；有时像猫叫，有时像破锣。如果碰到新到的唱片，还要加价呢！因为是熟主顾，最后总会饶上一片《洋人大笑》的唱片，还没开转呢，大家都笑了，等到真正洋人大笑时，大伙儿更笑得凶了，乱哄哄的，唱片里，唱片外，笑成一片了。

母亲时代的儿童教育和我们现在不同，比如，妈妈那时候交给张妈一块钱，叫她带我们小孩儿到"城南游艺园"去，就可以消磨一整天和一整晚。没有人说这是不合理的，因为那时候的母亲，不太注意"不要带儿童到公共场所"的说法。

游艺园里面什么娱乐都有，你可以听文明戏《锯碗丁》《春阿氏》，你可以听京戏《梅玉配》《狸猫换太子》，也可以去看穿着燕尾服的魔术师在"变戏法儿"，看扎着长辫子的大姑娘唱大鼓，看露天电影场正演着《空谷兰》《火烧红莲寺》。大戏场里是男女分坐的，有时观众忽然叫"好"，原来"扔手巾把儿的"，正把一束热腾腾的手巾把儿扔到楼上去，扔得美，接得准，不怪要叫"好"了。

大戏总是最后散场，已经夜半，雇洋车回家，刚上车就倒在大人的膝头上睡着了。可是那时候大人真怪，总是推摇着你，不许你睡觉，而且说："别睡！快到家了！"后来我问母亲，为什么不许困得要命的小孩儿睡觉？母亲说："一来怕着凉，二来怕睡得魂儿回不了家啊！"

我所记忆的童年生活，都是热闹而幸福的，是真正的快乐，无忧无虑，不折不扣的快乐。

牵手阅读

　　童年一去不复返，此后的快乐与童年之乐相比总是打了些折扣，掺了些杂质。作者对童年乐事记得多么详细具体，听过的唱片、看过的电影也都一一数得上来。你可别匆匆过完童年，过后再回来追忆，享受现在的每一刻吧！

我美丽的巴拿马

唐池子

你不知道我的童年有多好。一个小孩如果出生在那样美的地方，如果还不知道感恩，还不知道梦想，那他就一定不是一个小孩。

我不知道你的童年有没有一条河，一条像白水那样柔软那样温柔的河。我第一次挎着小竹篮来到白水边，堤是那么高那么陡；水是那么多那么长；草是那么密那么绿；这一切真是神奇得美丽，宽广得可怕。我一慌，竹篮像只球哐哐哐滚下河堤去了。我一急，也像只球哐哐哐滚下河堤去了。竹篮成了缀满野菊的草帽，一头牛朝我哞哞摇尾巴，不知从哪里来了好大一朵花蘑菇。我睁开眼睛，面对扑面而来的粼粼波光，白水是那样迅捷地流进了我的生命，让我一开头就要做一个水孩子。从此我最大的理想就是做一只白水上巨大的白色水鸟。

真的，我不止一次在我的梦里见到了那只美丽的大白鸟。我和我的鸟阵在粼粼波光里不知疲倦地翻飞，用长长的喙去逗弄那些鳞片闪闪、成群游弋的肥美鱼群，在平如明镜处留下优美的侧影。我在软软的草地上奔跑，和那些爱玩小石子的孩子一起优美地舞蹈。我还偶尔停驻在那头最矫健膘壮的黑牛背上，用红红的脚爪感觉牛背上的战栗，用我们的语言欢唱。在傍晚的夕阳里，我成了一个顽皮的黑脊背光皮肤的孩子。我迅速地向下俯冲，温柔的水在我的尾翎处无声闭合，我独自漂游在水晶宫里，红绿的水草在招摇，斑斓的河贝在歌唱，五彩的鱼虾在穿行。然后我掠水而出，扇动翅膀，水珠像玉帘一样滑落。而到深夜，我要做一只白水上静静停泊的白鸟船，像枚树叶轻轻覆盖在缓缓流动的水面上，随意沉浮。我聆听白水轻轻的呼吸，鱼群的梦呓，还有船家那孤独的柳笛。清晨的时候，当河面还是蒸腾着水雾的琼楼玉宇，我会在清凉的空气里用光洁的羽毛去撩拨大地薄如蝉翼、凉如轻丝的面纱。我成了一只朦胧而诗意的水鸟。

　　我也不知道你的童年里有没有那样的一条小路。我在那么小的时候就向往着上学，因为我拥有了一条快乐的花间小径。小径穿行在绿湖和青山之间，蜿蜒曲折，是一道自由开合的画卷。春天，小径上充满了刺花粉白粉白的笑靥，蜜蜂嗡嗡闹着，满世界是甜蜜醉人的清香。掰一段刺根含在嘴里，刺根脆脆的，空气甜甜的，白网鞋踏在白色的小路上，走着走着，你会想奔跑，想变成一只翩翩飞舞的蝴蝶，让你永远都愿意徜徉在大自然的氛围里。夏天，绿湖里珠圆的荷叶亭亭玉立，荷花袅袅娜娜，像星星在水波里闪耀。而在秋天，你简直可以成为一个富翁，先别管遍地金黄的野菊花，你去揭开阔大的青色叶子，马上可以找到一串饱满欲滴的野草莓，用舌尖一卷，酸酸甜甜，绝对是纯粹的野味。而那些鼓鼓的莲蓬就是不尝，它们在风里招摇的风姿就足以把你看得痴了过去。如果放学的路上邀几个伙伴，攀上金叶飘飘的大青山，你可以摘到红灯笼一样挂在枝头的野柿子，而在某个拐角处，你会突然发现一树金灿灿的水晶梨，那是种与你掏钱在水果摊上买到的完全不同的感觉。冬天也不会沉寂，花草终于让位给性急的小麻雀，它们在覆雪的枝头叽叽喳喳，像一群不怕寂寞的孩子，好奇地在晶莹的雪枝头跳跃。

我也不知道你的童年有没有那样的夜晚。有很大很大的场子，家家户户搬出清凉的竹床，身上撒点痱子粉，凉爽爽，香喷喷，坐着，躺着，谈着，闹着。大人们聊着聊着，一时兴起，炳伯伯就会"哎——嗬——哟"唱起了山歌："妹妹你在月亮里哟，是我心中的杜鹃花嗨，杜鹃开在三月哟，妹妹你何时落下来？"大家就起哄："再来，再来！"炳伯伯就抿口白干："找个伴来段《刘海砍樵》吧。"大家就一推笑起来像李谷一的细姑，细姑喜欢穿白衣白裙，大大方方地站起来时就像夜色里一下绽放了一朵白莲。哇哇，我们这群小鬼就在一旁穷开心。炳伯伯踩着十字步，唱着问："胡大姐，我的妻，你把我比作什么人——咯嚯？"细姑就摆个很温柔的姿势，羞羞地笑着答："刘海哥，我把你比牛郎，不差毫分咯。"最傻的是我们这群小孩不懂什么叫砍樵，以为是砍桥，悄悄问妈妈，炳伯伯到底什么时候砍桥啊，妈妈就扑哧笑出声来，砍桥啊砍你头，那是砍柴的意思。有时二爷爷有雅兴，会拿出他的传家宝二胡出来伴奏。爸爸在家的时候会吹笛子，最拿手的是《春江花月夜》和《满江红》。我们小孩也不能示弱啊，我们就男孩站一排，女孩站一排，边唱边跳"六月里花儿香，六月里好阳光，六一儿童节，心儿多欢畅"。我那时是光脑袋穿连衣裙的女孩子，并且以为女孩不一定都要有长发，光脑袋很舒服。有一次，和弟弟到爸爸朋友家做客，他一看到我们两个亮亮的"电灯泡"，就乐了。我还很骄傲，对着他唱："光弟油，摸桐油，摸一摸，好运有。"笑弯了叔叔的腰。由于我的光脑袋，我在舞蹈中备受关注，跳到忘乎所以处，听到根伯伯喊："三三，你屁股后面是什么？"我吓出一身冷汗，以为有条蛇在背后。扭头一看，心一下就落了下来，是只袋子。妈妈急急跑过来，捡起袋子，长长吁了口气，责问我："带只袋子来干什么？""装流星。"大家像吃了笑药一样哈哈笑。妈妈戳了一下我的脑袋："我的宝崽。"笑什么笑，晚上大家都睡着了，流星掉下来怎么办？我要坚持到最后一分钟，把所有的流星都接住装进袋子里。

我没有想到有一天我会离开家乡。我越长越大，拍着翅膀越飞越远。有一天，我飞累了，藏到一个咖啡吧里歇歇翅膀。当我正埋头啜饮一杯浓浓的摩卡时，我突然听到了一阵很特别的音乐，很舒缓，很柔软，甚至绕过了你心灵最深处的那些角落，像只小鸟暖暖地栖息在心头，不忍拂去。我手里的摩卡不知什么时候变成了一杯养了我二十年的白水泡制的家乡绿茶，清香缭绕，沁人心脾。美丽的家乡像幅风景长卷一样在我眼前展开，我的眼里顿时蓄满了眼泪。我低头听到侍者介绍，刚才的曲子叫《我美丽的巴拿马》，是一位著名的作曲家为他的家乡而创作的。我走出咖啡吧，一个人走在深秋的暮色里，感到一种无以言表的幸福，我听到那条叫白水的河在我生命中静静地流淌。我走着，像儿时走在那条快乐的花间小路……

　　读到这里，我们心中也有一支《我美丽的巴拿马》在缓缓流淌，尘封的记忆闸门由此打开，家乡的一山一水、一缕花香全都涌上心头。家乡如画，我们是画中那无忧无虑、自由自在的孩童。家乡的烙印和童年的味道会伴随我们一生，尽管我们难以重返，但仅仅是在回忆里驻足、观望片刻，也是一种极大的幸福。

流淌的童年

布袋戏

郭　风

我们学校门口有个广场。

这一天，闽南来的布袋戏师傅，在广场上表演好看的节目了。

这布袋戏的舞台，像一座小小的帷布做的圆形围墙，像一个很大的帆布袋，布袋戏师傅在这小围墙似的帆布袋中敲锣、打鼓、唱戏曲、表演节目……

你看啊！

一个河中的大蚌走到帆布袋的舞台上来了。它合着两面蚌壳走出来了，在舞台上闪了一下，打了一下转，又在壳中吱吱吱地叫着，走下舞台了。不一会儿，它又走上舞台，这次它把两面扇形的蚌壳打开了，我真的没想到，蚌壳内有一个挂着红肚兜的胖小孩！师傅在帆布袋内代替这个胖小孩说：

"看官们，我是河蚌变成的小男孩！"

师傅正说着，真没想到啊，我看见一只高腿的白鹤也走上舞台；它有长长的嘴喙，它一走出帆布袋，便向河蚌内胖小孩的小腿啄过去；胖小孩把河蚌壳一合，它啄不到，就耐心地在旁边等着；不一会儿，河蚌壳又打开了，这只白鹤又往胖小孩的小腿上啄去，啄得胖小孩吱吱吱地叫，只好把蚌壳合起来，把白鹤的长嘴夹在蚌壳里面了……

正在这时，一位渔翁走出来了。他有白胡子，背一个鱼篓。看见白鹤的长嘴被河蚌夹住，他哈哈大笑，便挽起衣袖，用力把白鹤、河蚌一起拉着往前走……

这时，站在帆布袋前面看表演的小朋友，都拍起手来。

我没有想到，这布袋戏的表演节目一个接着一个：那位白胡子的渔翁刚刚拉着河蚌、白鹤往帆布袋里面走进去，一位拿着金箍棒的孙悟空走上舞台来了。只见他把身上的毫毛一拔，向空中一吹，吹出三个小孙悟空。然后又走出一个猪八戒和一位骑白马的唐僧……

正在这时，帆布袋内，师傅打锣、打鼓，打得真起劲，只见大孙悟空和小孙悟空在舞台上跳上跳下，表示他们在腾云驾雾：猪八戒和骑白马的唐僧也都在舞台上打转，真是热闹极了。正在这时，师傅们在帆布袋里代替孙悟空说：

"看官们，我们师徒就要过火焰山啦！"

正说着，帆布袋般的舞台后面升起一阵火焰和白烟，大孙悟空和小孙悟空舞着火棒，扶着唐僧冲过火焰。猪八戒伸一伸舌头，也跟着冲过去了……

那火焰和白烟，是师傅用花炮和火药燃起来的，可真的像火焰山，可真的像是孙悟空保护唐僧过了火焰山。我，还有和我一起在布袋前看表演的小朋友，都拍起手来！

我们学校门前有一个广场。这一天，闽南来的布袋戏师傅，在这里表演了好多节目。

牵手阅读

　　大诗人杜甫曾在六岁时看过公孙大娘的剑舞表演，五十年后耳聋多病的他回想起当日的场景，那狂野不羁、雄浑有力的舞蹈仍然历历在目。他在《观公孙大娘弟子舞剑器行》一诗中写道："爆如羿射九日落，矫如群帝骖龙翔。来如雷霆收震怒，罢如江海凝清光。"童年看过的表演真是一辈子都忘不掉。

逃学为读书

三　毛

　　两年多以前的夏天，我回国去看望久别的父母，虽然只在家里居住了短短的两个月，可是该见的亲友却也差不多见到了。

　　在跟随父母拜访长一辈的父执时，总有人会忍不住说出这样的话来："想不到那个当年最不爱念书的问题孩子，今天也一个人在外安稳下来了，怎不令人欣慰呢！"

　　这种话多听了几遍后，我方才惊觉，过去的我，在亲戚朋友之间，竟然留下了那么一个错误的印象，听着听着，便不由得在心里独自暗笑起来。

　　在要离家之前，父亲与我挤在闷热的贮藏室里，将一大盒一大箱的书籍翻了出来，这都是我初出国时，特意请父亲替我小心保存的旧书，这一次选择了一些仍是心爱的，预备寄到遥远的加纳利群岛去。

　　整理了一下午，父亲累得不堪，当时幽默地说："都说你最不爱读书，却不知烦死父母的就是一天一地的旧

流淌的童年

155

书，倒不如统统丢掉，应了人家的话才好。"

说完父女两人相视而笑，好似在分享一个美好的秘密，乐得不堪。

算起我看书的历史来，还得回到抗战胜利后的日子。

我们是浙江人，伯父及父亲虽然不替政府机关做事，战后虽然回乡去看望过祖父，可是，家仍然定居在南京。

在我们这个大家庭里，有的堂兄姐念中大，有的念金陵中学，连大我三岁的亲姐姐也进了学校，只有我，因为上幼稚园的年纪还不够，便跟着一个名叫兰瑛的女工人在家里玩耍。那时候，大弟弟还是一个小婴儿，在我的记忆里，他好似到了台湾才存在似的。

带我的兰瑛本是个逃荒来的女人，我们家原先并不需要再多的人帮忙，可是因为她跟家里的老仆人，管大门的那位老太太是亲戚，因此收留了她，也收留了她的一个小男孩，名叫马蹄子。

白天，只要姐姐一上学，兰瑛就把我领到后院去，叫马蹄子跟我玩。我本来是个爱玩的孩子，可是对这个一碰就哭的马蹄子实在不投缘，他又长了个癞痢头，我的母亲不知用什么白粉给他擦着治，看上去更是好讨厌。所以，只要兰瑛一不看好我，我就从马蹄子旁边逃开去，把什么玩具都让给他，他还哭。

在我们那时候的大宅子里，除了伯父及父亲的书房之外，在二楼还有一间被哥哥姐姐称作图书馆的房间，那个地方什么都没有，就是有个大窗，对着窗外的梧桐树，房间内，全是书。

大人的书，放在上层，小孩的书，都在伸手就够得到的地板边上。

我因为知道马蹄子从来不爱跟我进这间房间，所以一个人就总往那儿跑，我可以静静地躲到兰瑛或妈妈找来骂了去吃饭才出来。

当时，我三岁吧！

记得我生平第一本看的书，是没有字的，可是我知道它叫《三毛流浪记》，后来，又多了一本，叫《三毛从军记》，作者是张乐平。

我非常喜欢这两本书，虽然它的意思可能很深，可是我也可以从浅的地方去看它，有时笑，有时叹息，小小的年纪，竟也有那份好奇和开心。

《三毛》看过了。其他凡是书里有插图的儿童书，我也拿来看。记得当时家里有一套孩子书，是商务印书馆出的，编的人，是姐姐的校长，鼓楼小学的陈鹤琴先生，后来我进了鼓楼幼稚园，也做了他的学生。

　　我在那样的年纪，就"玩"过了《木偶奇遇记》《格林兄弟童话》《安徒生童话集》，还有《爱的教育》《苦儿寻母记》《爱丽丝漫游仙境》……许多本童话书。这些事，后来长大了都问过父亲，向他求证，他不相信这是我的记忆，硬说是堂兄们后来在台湾告诉我的。其实我真没有说谎，那时候，看了图画、封面和字的形状，我就拿了去问哥哥姐姐们，这本书叫什么名字，这小孩为什么画他哭，书里说什么事情，问来问去，便都记住了。

　　所以说，我是先看书，后认字的。

　　有一日，我还在南京家里假山堆上看桑树上的野蚕，父亲回来了，突然拿了一大叠金圆券，两人高兴得不得了，却发现家中老仆人在流泪，说我们要逃难到台湾去了。

　　逃难的记忆，就是母亲在中兴轮上吐得很厉害，好似要死了一般地躺着，我心里非常害怕，想帮她好起来，可是她无止无休地吐着。

　　在台湾，我虽然年龄也不够大，可是母亲还是说动了老师，将我和姐姐送进国民学校去念书，那时候，我已经会写很多字了。

　　我没有不识字的记忆，在小学里，拼拼注音，念念国语日报，就一下开始看故事书了。

当时，我们最大的快乐就是每个月《学友》和《东方少年》这两本杂志出书的时候，姐姐也爱看书，我不懂的字，她会教，王尔德的童话，就是那时候念来的。

初小的国语课本实在很简单，新书一发，我拿回家请母亲包好书皮，第一天大声朗读一遍，第二天就不再新鲜了。我甚至跑去跟老师说，编书的人怎么不编深一点，把我们小孩子当傻瓜。因为这么说，还给老师骂了一顿。

《学友》和《东方少年》好似一个月才出一次，实在不够看，我开始去翻堂哥们的书籍。

在二堂哥的书堆里，我找出一些名字没有听过的作家，叫作鲁迅、巴金、老舍、周作人、郁达夫、冰心。那时候，才几岁嘛，听过的作家反而是些外国人，《学友》上介绍来的。

记得我当时看了一篇大概是鲁迅的文章，叫作《风筝》，看了很感动，一直到现在还记得内容。后来又去看《骆驼祥子》，便不大看得懂，又看了冰心写给小读者的东西。总而言之，那时候国语日报不够看，一看便看完了，所以什么书拿到手来就给吞下去。

有一日大堂哥说："这些书禁了，不能看了，要烧掉。"

什么叫禁了，也不知道，去问母亲，她说："有毒。"我吓了一大跳，看见哥哥们蹲在柚子树下烧书，我还大大地吁了口气，这才放下心来。

又过了不知多久，我们住的地方，叫作朱厝仑的，开始有了公共汽车。通车的第一天，全家人还由大伯父领着去坐了一次车，拍了一张照片留念。

有了公车，这条建国北路也慢慢热闹起来了，行行业业都开了市，这其中，对我一生影响最大的商店也挂上了牌子——建国书店。

那时候，大伯父及父亲千辛万苦带了一大家人迁来台湾，所有的一些金饰都去换了金圆券给流掉了，大人并没有马上开业做律师，两房八个孩子都要穿衣、吃饭、念书，有的还要生病。我现在想起来，那时候家里的经济情形一定是相当困难的，只是我们做孩子的并不知觉而已。

当我发现建国书店是一家租书店的时候，一向很听话的我，成了个最不讲理的孩子，我无止无休地缠住母亲要零钱。她偶尔给我钱，我就跑去书店借书。有时候母亲不在房内，我便去翻她的针线盒、旧皮包、外套口袋，只要给我翻出一毛钱来，我就往外跑，拿它去换书。

建国书店实在是个好书店，老板不但不租低级小说，他还会给我和姐姐介绍在他看来不错的书。当时，由赵唐理先生译的、劳拉·英格尔所写的全套美国移民西部生活的故事书——《森林中的小屋》《梅河岸上》《草原上的屋》《农夫的孩子》《银湖之滨》《黄金时代》这些本关联的故事简直看疯了我。

那时候，我看完了建国书店所有的儿童书，又开始向其他的书籍进攻，先是《红花侠》，后是《三剑客》，再来看《基督山恩仇记》，又看《堂吉诃德》。后来看了《飘》，再后来看了《简·爱》《傲慢与偏见》《呼啸山庄》《雷绮表姐》……我跌入这一道洪流里去，痴迷忘返。

春去秋来，我的日子跟着小说里的人打转，终于有一天，我突然惊觉，自己已是高小五年级的学生了。

父母亲从来没有阻止过我看书，只有父亲，他一再担心我那种看法，要看成大近视眼了。

奇怪的是，我是先看外国译本后看中国文学的，我的中文长篇，第一本看的是《风萧萧》，后来得了《红楼梦》，已是五年级下学期的事情了。

我的看书，在当时完全是生吞活剥，无论真懂假懂，只要故事在，就看得下去，有时看到一段好文章，心中也会产生一丝说不出的滋味来，可是我不知道那个字原来叫作"感动"。

高小的课程原先是难不倒我的，可是算术加重了，鸡兔同笼也来了，这使得老师十分紧张，一再地要求我们演算再演算，放学的时间自然是晚了，回家后的功课却是一日重于一日。

我很不喜欢在课堂上偷看小说，可是当我发觉，除了这种方法可以抢时间之外，我几乎被课业迫得没有其他的办法看我喜欢的书。

记得第一次看《红楼梦》，便是书盖在裙子下面，老师一写黑板，我就掀起裙子来看。

当我初念到宝玉失踪，贾政泊舟在客地，当时，天下着茫茫的大雪，贾政写家书，正想到宝玉，突然见到岸边雪地上一个披猩猩大红氅、光着头、赤着脚的人向他倒身大拜下去，贾政连忙站起身来要回礼，再一看，那人双手合十，面上似悲似喜，不正是宝玉吗？这时候突然上来了一僧一道，挟着宝玉高歌而去——

"我所居兮，青埂之峰；我所游兮，鸿蒙太空。谁与我游兮，吾谁与从。渺渺茫茫兮，归彼大荒。"

当我看完这一段时，我抬起头来，愣愣地望着前方同学的背，我呆在那儿，忘了身在何处，心里的滋味，已不是流泪和感动所能形容。我痴痴地听着，好似老师在很远的地方叫着我的名字，可是我竟没有回答她。

老师居然也没有骂我，上来摸摸我的前额，问我："是不是不舒服？"

我默默地摇摇头。看着她，恍惚地对她笑了一笑。那一刹那间，我顿然领悟，什么叫作"境界"，我终于懂了。

文学的美，终其一生，将是我追求的目标了。

《红楼梦》，我一生一世都在看下去。

又过了一年，我们学唱《青青校树》，六年的小学教育终成为过去，许多同学唱歌痛哭，我却没有，我想，这倒也好，我终于自由了。

要升学参加联考的同学，在当时是集体报名的，老师将志愿单发给我们，要我们拿回家去细心地填。

发到我，我跟她说："我不用，因为我决定不再进中学了。"

老师几乎是惊怒起来，她说："你有希望考上，为什么气馁呢？"

我哪里是没有信心，我只是不要这一套了。

"叫你妈妈明天到学校来。"她仍然将志愿单留在我桌上，转身走了。

我没有请妈妈去学校，当天晚上，父亲母亲在灯下细细地读表，由父亲一笔一画亲手慎重地填下了我的将来。

那天老师意外地没有留什么太重的家庭作业，我早早地睡下了，仰躺在被里，眼泪流出来，塞满了两个耳朵。

做小孩子，有时候是一件很悲哀的事，要怎么过自己的一生，大人自然得问都不问你一声。

那一个漫长的暑假里，我一点也不去想发榜的事情，为了得着一本厚厚的《大戏考》欣喜若狂，那一阵眼睛没有看瞎，也真是奇迹。

回想起来，那时的我，凡事不关心，除了这些被人称为"闲书"的东西之外，我是一个跟生活脱了节的十一岁的小孩，我甚至没有什么童年的朋友，也实在忙得没有时间出去玩。

最最愉快的时光，就是搬个小椅子，远远地离开家人，在院中墙角的大树下，让书带我去另一个世界。

它们真有这种魔力。

我是考取了省中的，怎么会进去的，只有天晓得。小学六年级那年，生活那么紧张，还偷看完了整整一大部《射雕英雄传》。

这看完并不算浪费时间，可怕的是，这种书看了，人要发呆个好多天醒不过来。

进了中学，看书的嗜好竟然停了下来，那时候我初次坐公车进城上学，四周的同学又是完全陌生的脸孔，一切都不再像小学一般亲切熟悉。新环境的惊愕，使我除了努力做乖孩子，不给旁人比下来之外，竟顾不了自己的心怀意念和兴趣。

我其实是一个求知欲很强的人，学校安排的课程听上去是那么有趣，美术、音乐、英文、历史、国文、博物……在这些科目的后面，应该蕴藏了多少美丽的故事。数学，也不该是死板的东西，因为它要求一步一步地去推想、去演算，这和侦探小说是有异曲同工之妙的。

我是这么地渴求新的知识，也多么想知道一朵花为什么会开，一个艺术家，为什么会为了爱画、爱音乐甘愿终生潦倒，也多么想明白那些横写的英文字，到底在向我说些什么秘密……

可惜我的老师们，从来没有说过这些我渴羡的故事。

美术就是拿些蜡做的水果来，把它画得一模一样；音乐是单纯的唱歌；地理、历史，应该是最好玩的科目，可是我们除了背书之外，连地图都很少画。

我最爱的英文老师，在教了我们一学期之后，又去了美国。

数学老师与我之间的仇恨越来越深，她双眼盯住我的凶光，好似武侠小说中射来的飞镖一样。

初一那年我的成绩差强人意，名次中等，不留级。

暑假又来了，我丢下书包，迫不及待地往租书店跑。那时候，我们已搬到长春路底去居住，那儿也有租书店，只是那家店，就不及建国书店高贵，它是好书坏书夹杂着，我租书有年，金杏枝的东西，就没去错拿过它。

也是在那个夏天，父亲晒大樟木箱，在一大堆旧衣服的下面，被我发觉了尘封多少年的宝藏，父母自己都早已忘了的书籍。

那是一套又一套的中国通俗小说。

泛黄的、优美细腻的薄竹纸，用白棉线装订着，每本书前几页有毛笔画出的书中人物，封面正左方窄窄长长的一条白纸红框，写着这样端正秀美的毛笔字——《水浒传》《儒林外史》《今古奇观》……

我第一次觉着了一本书外在形式的美。它们真是一件件艺术品。

发觉了父亲箱底那一大堆旧小说之后，我内心挣扎得很厉害，当时为了怕书店里的旧俄作家的小说被别人借走，我在暑假开始时，便倾尽了我的零用钱，将它们大部分租下来，那时手边有《复活》《罪与罚》《死魂灵》

《战争与和平》《卡拉马佐夫兄弟》，还有《猎人日记》
与《安娜·卡列尼娜》……这些都是限时要归还的。

现在我同时又有了中国小说。一个十二岁的中国人，
竟然还没有看过《水浒传》，这使我羞愧交加，更是着
急地想去念它。

父亲一再地申诫我："再看下去要成瞎子了，书拿得
远一点，不要把头埋进去呀！"

我那一个夏天，是做了一只将头埋在书里的鸵鸟，
如果问我当时快不快乐，我也说不出来，我根本已失去
了自己，与书本融成一体了，哪里还知道个人的冷暖。

初二那年，连上学放学时挤在公共汽车上，我都
抱住了司机先生身后那根杠子，看我那被国文老师骂为
"闲书"的东西。

那时候我在大伯父的书架上找到了《孽海花》《六祖
坛经》《阅微草堂笔记》，还有《人间词话》，也看租来
的芥川龙之介的短篇，总而言之，有书便是好看，生吞
活剥，难得一塌糊涂。

第一次月考下来，我四门不及格。

父母严重地警告我，再不收收心，要留级了。又说，
看闲书不能当饭吃，将来自己到底要做什么，也该立下
志向，这样下去，做父母的怎么不担心呢。

我哪里有什么立志的胸怀，我只知看书是世界上最最好玩的事，至于将来如何谋生，还远得很哪。

虽然这么说，我还是有羞耻心，有罪恶感，觉得成绩不好，是对不住父母的行为。

我勉强自己收下心，跟每一位老师合作，凡书都背，凡课都听，连数学习题，我都一道一道死背下来。

三次数学小考，我得满分。

数学老师当然不相信我会突然不再是白痴了，她认为我是个笨孩子，便该一直笨下去。

所以，她开始怀疑我考试作弊。当她拿着我一百分的考卷逼问我时，我对她说："作弊在我的品格上来说，是不可能的，就算你是老师，也不能这样侮辱我。"

她气得很不堪，冷笑了一下，下堂课，她叫全班同学做习题，单独发给我一张考卷，给了我几个听也没有听过的方程式。

我当场吃了鸭蛋。

在全班同学的面前，这位数学老师，拿着蘸着饱饱墨汁的毛笔，叫我立正，站在她画在地上的粉笔圈里，笑吟吟恶毒无比地说："你爱吃鸭蛋，老师给你两个大鸭蛋。"

在我的脸上，她用墨汁在我眼眶四周涂了两个大圆饼，因为墨汁太多了，它们流下来，顺着我紧紧抿住的嘴唇，渗到嘴巴里去。

"现在，转过去给全班同学看看。"她仍是笑吟吟地说。

全班突然爆出了惊天动地的哄笑，只有一个同学没有笑，低下头好似要流泪一般。

我弄错了一点，就算这个数学老师不配做老师，在她的名分保护之下，她仍然可以侮辱我，为所欲为。

画完了大花脸，老师意犹未尽，她叫我去大楼的走廊上走一圈。我僵尸般地走了出去，廊上的同学先是惊叫，而后指着我大笑特笑，我，在一刹那间，成了名人。

我回到教室，一位好心的同学拖了我去洗脸，我冲脸时一句话都没有说，一滴泪都没有掉。

有好一阵，我一直想杀这个老师。

我照常上了几天课，照常坐着公共汽车晃去学校。

有一天，我站在总统府广场的对面，望着学校米黄色的平顶，我一再地想，一再地问自己，我到底是在干什么？我为什么没有勇气去追求自己喜爱的东西？我在这儿到底是在忍耐什么？这么想着想着，人已走到校门口，我看一下校门，心里叹着："这个地方，不是我的，走吧！"

我背着书包，一坐车，去了六张犁公墓。

在六张犁那一大堆土馒头里，我也埋下了我不愉快的学校生涯。

那时候，我认识的墓地有北投陈济堂先生的墓园，有阳明山公墓，有六张犁公墓，在现在市立殡仪馆一带也有一片没有名字的坟场。这些地方，我是常客。世上再没有比跟死人做伴更安全的事了，他们都是很温柔的人。

逃学去坟场其实很不好玩，下起雨来更是苦，可是那儿安静，可以用心看书。

母亲不知我已经不上学了，每天一样给我饭钱，我不吃饭，存了三五元，去牯岭街当时的旧书店（当时不放地摊的），买下了生平第一本自己出钱买下的书，上下两册，叫作《人间的条件》。

我是不太笨的，旷课两三天，便去学校坐一天，老师看见我了，我再失踪三五天。

那时家中还没有装电话，校方跟家长联络起来并不很方便。

我看书的速度很快，领悟力也慢慢地强了，兴趣也更广泛些了。我买的第二本书，也是旧的，是一本《九国革命史》。后来，我又买进了国语日报出的一本好书，叫作《一千零一个为什么》。这本书里，它给小孩子讲解自然科学上的常识，浅浅的解释，一目了然。再不久，我又买下了《伊凡·博罗姆》这本太感人的旧书。后来差不多从不吃饭，饭钱都换了书。在逃学完完全全释放的时光里，念我真正爱念的东西，那真是生命中最大的享受。

逃课的事，因为学校寄了信给家里，终于到了下幕的时候。

当时，我曾经想，这事虽然是我的错，可是它有前因，有后果，如果连父母都不了解我，如果父亲也要动手打我，那么我不如不要活了。

我休学了一年，没有人说过一句责备我的话。父亲看了我便叹气，他不跟我多说话。

第二年开学了，父母鼓励我再穿上那件制服，勉励我做一个面对现实的人。而我的解释，跟他们刚好不太一样，面对自己内心不喜欢的事，应该叫不现实才对。

母亲很可怜，她每天送我到学校，看我走进教室，眼巴巴地默默地哀求着我，这才依依不舍地离去。我低头坐在一大群陌生的同学里，心里在狂喊："母亲，你在用爱来逼我，我要疯了！"

我坐一节课，再拿起书包逃出校去。那时候我胆子大了，不再上坟墓，我直接跑到省立图书馆去，在那里，一天啃一本好书，看得常常放学时间已过，都忘了回家。

在我初二下那年，父母终于不再心存幻想，将这个不成器的孩子收留在家，自己教育起来。

我的逃学读书记也告一段落了。

休学在家，并不表示受教育的终止。

当时姐姐高中联考上榜了二女中，可是她实在受不了数学的苦难，又生性喜欢音乐，在经过与父母的恳谈和了解之下，她放弃了进入省中的荣誉，改念台北师范学校音乐科，主修钢琴，副修小提琴。也因为这一个选择，姐姐离家住校，虽然同在台北市里住着，我却失去了一个念闲书的好伴侣。

姐姐住校去了，我独占了一间卧室，那时我已办妥休学手续，知道不会再有被迫进教室的压力，我的心情，一下子轻松了起来。

那一年的压岁钱，我去买了一个竹做的美丽书架，放在自己的房间里，架上零零落落的几十本书，大半是父亲买回来叫我念的。

每天黄昏，父亲与我坐在藤椅上，面前摊着《古文观止》，他先给我讲解，再命我背诵。奇怪的是，没有同学竞争的压力，我也领悟得快得多。父亲只管教古文，小说随我自己看。

英文方面，我记得父亲给我念的第一本短篇小说集是欧·亨利写的《浮华世界》，后来又给我买了《小妇人》《小男儿》这些故事书。后来不知为了什么，母亲每一次上街，都会带英文的漫画故事给我看，有对话、有图片，非常有趣而浅近，如《李伯大梦》、《渴睡乡的故事》（中文叫《无头骑士》吗？）、《爱丽丝漫游仙境》、《灰姑娘》这些在中文里已看过的书，又同英文一面学一面看，英文就慢慢地会了。

真的休学在家，我出门去的兴趣也减少了，那时很多同年龄的孩子们不上学，去混太保太妹，我却是不混的，一直到今天，我仍是个内心深爱孤静而不太合群的人。

每一次上街，只要母亲同意，我总是拿了钱去买书，因为向书店借书这件事情，已不能满足我的求知欲了。一本好书，以前是当故事看，后来觉着不对，因为年龄不同了，同样一本书每再重看，领悟的又是一番境界，所以买书回来放在架上，想起来时再反复地去回看它们，竟成了我少年时代大半消磨时间的方法。

因为天天跟书接近，它们不但在内容方面教育我，在外形方面，也吸引了我。一个房间，书多就不会好看起来，这是很主观的看法，我认定书是非常优雅美丽的东西，用它来装饰房间，再合适不过。

竹书架在一年后早已满了，父亲不声不响又替我去当时的长沙街做了一个书橱，它真是非常地美丽，狭长轻巧，不占地方，共有五层，上下两个玻璃门可以关上。

这一个书架，至今在我父母的家里放着，也算是我的一件纪念品吧！

在我十五六岁时，我成了十足的书奴，我的房间，别人踏不进脚，因为里面不但堆满了我用来装饰房间的破铜烂铁，其他有很多的空间，无论是桌上、桌下、床边、地板上、衣橱里，全都塞满了乱七八糟的书籍。在性质上，它们也很杂，分不出一个类别来，总是文学的偏多些。

台湾的书买得不够，又去香港方面买，香港买不满足，又去日本方面买，从日本那边买的大半是美术方面的画册。

现在回想起来，我每年一度的压岁钱和每周的零用，都是这么送给了书店。

我的藏书，慢慢地在亲戚朋友间有了名声，和我差不多年龄的人，开始跑来向我借。

爱书的人，跟守财奴是一模一样的，别人开口向我借书，我便心痛欲死，千叮万咛，请人早早归还，可惜借书不还的人是太多了。

有一次，堂哥的学音乐的同学，叫作王国梁的，也跑来向我借书，我因跟二堂哥懋良感情至深，所以对他的同学也很大方，居然自己动手选了一大堆最爱的书给国梁，记得拿了那么多书，我们还用麻绳扎了起来，有到腰那么高一小堆。

"国梁，看完可得快快还我哦！"我看他拎着我的几十本书，又不放心地追了出去。

国梁是很好的朋友，也是守信用的人，当时他的家在板桥，书当然也放在板桥。就有那么不巧，书借了他，板桥淹了一次大水，我的书，没有救出来。国梁羞得不敢来见我，叫别人来道歉，我一听到这个消息，心痛得哭了起来，恨了他一场，一直到他去了法国，都没有理他。而今想不到因为那一批书债，半生都过去了，国梁这个名字却没有淡忘，听说前年国梁带了法国太太回台，不知还记不记得这一段往事。我倒是很想念他呢。

其实水淹了我的几十本书，倒给我做了一个狠心的了断，以后谁来借书都不肯了，再也不肯。

在这些借书人里，也有例外的时候，我的朋友王恒，不但有借必还，他还会多还我一两本他看过的好书。王恒也是学音乐的，因为当年借书，我跟他结成挚友，一直到现在。

那时候，国内出版界并不如现在的风气兴旺，得一套好书并不很容易，直到"文星"出了小本丛书，所谓国内青年作家的东西才被比较有系统地做了介绍。我当时是一口气全买。那时梁实秋先生译的《莎士比亚全集》也出了，在这之前，虽然我已有了"世界"出版的朱生豪先生译的那一套，也有英文原文的，可是爱书成奴，三套比较着，亦是怡然。

又过了不久，台湾英文翻版书雨后春笋般地出现了，这件事情在国际虽然将台湾的名声弄得很坏，可是当时我的确是受益很多的。一些英文哲学书籍，过去很贵的，不可能大量地买，因为有了不道德的翻版，我才用很少量的金钱买下了它们。

爱书成痴，并不是好事，做一个书呆子，对自己也许没有坏处，可是这毕竟只是个人的欣赏和爱好，对社会对家庭，都不可能有什么帮助。从另一方面来说，学不能致用，亦是一种浪费，很可惜，我就是这么一个人。

父亲常常问我："你这么啃书啃书，将来到底要做什么？不如去学一技之长的好。"

我没有一技之长，很惭愧的，至今没有。

离家之后，我突然成了一个没有书籍的人，在国外，我有的不过是一个小房间，几本教科书，架上零零落落。

我离开了书籍，进入了真真实实的生活。

在一次一次的顿悟里，那沉重的大书架，不知不觉化作了我的灵魂和思想，突然发觉，书籍已经深深植根在我身体里，带不带着它们，已不是很重要的事情了。

在象牙塔里看书，实是急不得的，一旦机缘和功力到了某个程度，这座围住人的塔，自然而然地会消失的，而"真理"，就那么明明白白、简简单单地向人显现了。

我从来没有妄想在书本里求功名，以至于看起书来，更是如鱼得水，"游于艺"是最高的境界，在那儿，我的确得到了想象不出的愉快时光，至于顿悟和启示，那都是混在念书的欢乐里一起来的，没有丝毫强求。

而今在荷西与我的家里，两人加起来不过一千六百多本书，比起在父母家的盛况，现在的情形是萧条多了。

望着架上又在逐渐增多的书籍，一丝甜蜜和稍微的怅然交错地流过我的全身。而今我仍是爱书，可是也懂得爱我平凡的生活，是多少年的书本，才化为今日这份顿悟和宁静。我的心里，悄悄地有声音在对我说："这就是了！这就是一切了。"

牵手阅读

　　从三毛丰富的读书经历里，我们能学到很多关于读书的方法，同时，三毛无意中还为我们列了一个书单呢，我们可以从中找自己感兴趣的书籍来看看。嗜书如命的三毛读起书来真是废寝忘食，什么都顾不上了，她为此可受过不少委屈，也动了许多脑筋，牵动着我们一会儿为她感到难过，一会儿又忍不住惊奇。三毛独特的生命历程很难被复制，我们可以欣赏她的爱书，可千万不能模仿她的偏科哦。

　　本书编选过程中，得到了许多作者和译者的帮助，在此一并致谢。部分文章因编选需要，做了删改，特此说明。虽经多方努力，仍有部分版权所有人未能于出版前取得联系，我们将委托中国文字著作权协会代转稿酬及样书，联系电话：010-65978917。

图书在版编目（CIP）数据

想也想不明白的事 / 梅子涵编. —济南：山东画报
出版社，2020.5

（红气球世界儿童文学臻选）

ISBN 978-7-5474-3462-8

Ⅰ. ①想… Ⅱ. ①梅… Ⅲ. ①儿童文学－作品综合
集－世界 Ⅳ. ①I18

中国版本图书馆CIP数据核字（2020）第060567号

想也想不明白的事

梅子涵 编

项目统筹	王一诺
责任编辑	王一诺
装帧设计	李海峰
插图绘制	得豆文化

出 版 人	李文波
主管单位	山东出版传媒股份有限公司
出版发行	山东画报出版社

社　　址　济南市市中区英雄山路189号B座　邮编 250002

电　　话　总编室（0531）82098472

　　　　　市场部（0531）82098479　82098476（传真）

网　　址　http://www.hbcbs.com.cn

电子信箱　hbcb@sdpress.com.cn

印　　刷	山东德州新华印务有限责任公司
规　　格	155毫米×210毫米　1/32
	6印张　4幅图　100千字
版　　次	2020年5月第1版
印　　次	2020年5月第1次印刷
书　　号	ISBN 978-7-5474-3462-8
定　　价	30.00元